A ma mère,

A la mémoire de mon père,

© 2015 - Christophe Stener
Edition: BoD - Books on Demand
12/14 rond-point des Champs Elysées, 75008 Paris
Imprimé par Books on Demand GmbH, Norderstedt, Allemagne
ISBN : 9782322042883
Dépôt légal: novembre 2015

Fatale eau des Célestins

Henri Calou n'était pas malade mais faisait sa cure thermale, depuis dix ans déjà. Son médecin généraliste, le docteur Loisy, consulté pour une grippe, lui avait recommandé d'aller prendre les eaux, remarquant, incidemment, qu'une partie importante des soins était pris en charge par la sécurité sociale et, sur cette précision pécuniaire, l'intérêt d'Henri éveillé, lui avait prescrit une cure à Vichy compte tenu de ses soucis prostatiques. Ce que Henri ignorait, c'est que le beau frère du docteur Loisy était le docteur Paul Ducray, salarié de l'établissement de première classe de la station napoléonienne.

Henri fit ses comptes. La cure ne lui coûterait, s'il optait pour une pension deux étoiles, pas plus cher que le séjour au village-vacances le Sindbad d'Hammamet en Tunisie que son épouse et lui, la regrettée Jeannine, décédée l'année de sa prise de retraite de gendarme, à cinquante ans, avaient coutume de passer, réservant la même chambre tous les ans, en saison creuse, la première quinzaine d'octobre. Sa décision était prise : il irait prendre les eaux en juillet-août. Au pire, cela ne lui ferait pas de mal ; au mieux, il s'en porterait bien.

Trente ans de casernement avait fait de Henri un retraité organisé. Il avait établi le programme journalier de son séjour dans la station thermale bourbonnaise, après trois semaines d'étude attentive des brochures de l'office de tourisme :

7:00 Lever   7:20 Petit-déjeuner à la pension Les Hortensias 7:40 Marche jusqu'à la source des Célestins 7:55 Verre d'eau 8:00 Marche jusqu'à l'établissement de seconde classe 8:30 Bain de boue   9:30 Douche balnéo 10:15 Marche jusqu'au bord de l'Allier 10:45 Partie de golf miniature 11:45 Retour à la pension en étudiant les menus des restaurants 12:15 Déjeuner à la pension 13:15 Sieste 15:00 Promenade dans les parcs et lecture du journal La Montagne 17:00 Demi panaché à la terrasse de la brasserie du casino 17:30 Partie de machine à sous (budget quotidien alloué : 10 €) 18:30 Baguenaudage jusqu'au restaurant choisi le matin 19:00 Dîner 20:30 Séance de cinéma 22:00 Retour à la pension 22:20 Coucher

Henri avait opté pour une demi pension afin de garder sa liberté pour ses sorties le soir et mener 'une vie de garçon'.

La routine rassurante de ce programme fut bouleversée par l'annonce par le quotidien régional La Montagne de la tenue du championnat national de Scrabble dans les salons du casino le 22 août.

Henri était indécis. Henri pratiquait le Scrabble en amateur et ne manquait pas une diffusion de l'émission 'Des chiffres et des lettres' à 18:05 chaque soir de la semaine, même, grâce à TV5, pendant ses vacances en Tunisie. Devait-il sacrifier sa partie quotidienne de bandits manchots au Casino des Quatre-Chemins, pour assister aux prouesses des champions de Scrabble ?

Ce lundi matin 3 août 2015, le dilemme de devoir choisir entre deux plaisirs occupait l'esprit d'Henri. Il en avait mal dormi. Henri marchait vers la source des Célestins, portant en bandoulière son verre enveloppé d'un joli paillage doré. Cela lui faisait comme un baudrier retenant, non plus le Sig-Sauer 9 mm, le lourd pistolet de dotation de la gendarmerie, mais le joli gobelet gravé *Vichy* en jolies lettres italiennes. Quelques buveurs d'eau, piétinaient, faisant la queue derrière Henri Calou qui se faisait un principe d'arriver toujours le premier, lorgnant, à travers les grilles encore fermées, le bec de cygne en bronze qui dispensait la boisson thérapeutique, affairés, pressés de se désaltérer comme si l'eau précieuse allait à manquer.

Après la seconde guerre mondiale, les jolies serveuses auxquelles les vieux messieurs adressaient des galanteries, avaient été remplacées par des robinets en accès libre accessibles après avoir acquitté pour certaines sources pour un droit modique d'entrée.

L'eau de la source des Célestins était en libre service mais les grilles donnant accès à la source ne se seraient ouvertes qu'à sept heures précises par un employé de la Compagnie Fermière de Vichy.

Vichy s'enorgueillissait de six sources en exploitation, plus trois inexploitées et trois dont le captage avait été bouché. Avant guerre, il existait beaucoup plus de sources, certaines au nom évocateur comme Radium ou Jeanne d'Arc ; plusieurs sources étaient alors la propriété de personnes privées. Depuis l'Etat s'était rendu acquéreur des dernières sources privées, constituant un monopole dont l'exploitation était aujourd'hui concédée à la Compagnie Fermière de Vichy jusqu'en 2030. Les vichyssois n'avaient jamais adopté la nouvelle désignation ' Compagnie de Vichy' supposée faire plus moderne, 'marketing'.

« Vichy ne s'est jamais relevé de la perte de ses colonies » était la formule consacrée de la gentry locale qui avaient vécu confortablement de la rente aqueuse, depuis la mode lancée par la princesse Eugénie de Montijo, l'épouse de Napoléon III, d'aller 'prendre les eaux'. Les vieux palaces quatre étoiles avaient été vendus par appartements, les médecins thermalistes vivotaient, les parcs immenses faisaient le bonheur de quelques rares coureurs à pied, un des deux casinos avait fermé tandis que l'autre survivait à peine grâce aux bandits manchots faisant le bras de fer avec des curistes impécunieux. La bourgeoisie vichyssoise neurasthénique se complaisait dans la nostalgie des splendeurs passées, de l'époque où l'argent des coloniaux coulait à flot, comme l'eau vertueuse des robinets dorés. Les français d'Algérie ne venaient plus allonger le pastis de leur sang à l'eau ferrugineuse ni ceux du Tonkin tenter en vain de soigner leur malaria chronique par des enveloppements de bains de boue. La ville gardait de ce siècle et demi de fortune des établissements thermaux trop grands, un opéra déserté, un hôtel de ville prétentieux, un champ de courses inactif et un golf splendide. Toutes ces splendeurs formaient un décor de théâtre aux déambulations lentes des curistes qui musardaient sans rien acheter des trop nombreux commerces. Boutiquiers anxieux et curistes désargentés se dévisageaient à travers les vitrines comme dans un parc animalier. Quelques rares clients peuplaient les salons de thé devant un moka qui les occupait une heure durant.

Henri arriva ponctuellement, à six heures cinquante, dix minutes avant l'ouverture des grilles afin d'être le premier à boire l'eau salvatrice. Cinq autres curistes formèrent derrière lui une file d'attente devant la source, chacun attentif à ne pas perdre sa place mais poli et silencieux tels des paroissiens piétinant devant l'autel attendant de recevoir la sainte communion. A 7:01, Henri remplit sa coupe au bec qui déversait l'eau précieuse, refermant soigneusement le robinet après.

Comme chaque matin, l'ancien gendarme se choqua à l'idée du gâchis de cette eau vertueuse par certains curistes désinvoltes qui ne refermaient pas le robinet après le remplissage, laissant l'eau se perdre dans une vasque en forme de bénitier. « Il aurait été si simple de mettre un robinet doseur comme dans les machines à café des autoroutes ! » tempêtait en silence l'ancien pandore.

Il fallait boire l'eau immédiatement, indiquaient les médecins, pour lui garder ses vertus, ne pas l'entonner, mais la boire à petites gorgées. Chaque curiste, son verre rempli, s'éloignait donc de quelques pas, attentif à ne pas répandre une goutte du précieux breuvage et, renversant la tête prudemment, goûtait lentement le liquide légèrement salé et fortement minéralisé, comme s'il s'agissait d'un grand cru. Les bulles d'eau, tiède en toute saison, titillaient la langue avant que le patient ne déglutisse son verre quotidien, avec le sentiment rassurant de se faire du bien, puisque la Faculté l'assurait. Les polémiques sur l'absence d'effet médical avéré des eaux de source, leur bénéfice, au mieux placebo, avaient beaucoup nui au thermalisme mais ici, à Vichy, les curistes ne doutaient pas.

Henri fut surpris du goût de l'eau des Célestins ce matin. Dissimulant la salinité et la densité minérale du breuvage aqueux, Henri sentit une amertume, un peu comme celle des noyaux d'abricots que gardait feu son épouse dans ses confitures. Bizarre cette amertume, pensa Henri en demandant s'il avait bien fait de prendre du poisson la veille à L'atmosphère, la guinguette au bord de l'Allier. La tête lui tourna et, à la stupeur des autres buveurs d'eau qui attendaient en file derrière lui, Henri tituba et s'écroula d'un bloc la tête plongé dans la vasque, en forme de bénitier géant, qui recueillait les débordements des ablutions, sous un décor de mosaïques art déco représentant des jeunes femmes aux seins fermes et au regard dolent. Les autres curistes regardèrent leur verre d'eau avec anxiété. Un adolescent qui accompagnait avec une mine de condamné à mort, son père se saisit de son téléphone et filma le corps immergé avant qu'un homme ne se décide enfin à tirer le cadavre par les épaules pour le sortir de la vasque.

 Les pompiers, arrivés sur les lieux en moins de cinq minutes, constatèrent le décès foudroyant du curiste.

Raphaël Liousse

Raphaël Liousse ne s'était jamais imaginé flic quand il était jeune.

Son père, a tempérament artiste, en réalité un dilettante, vivotait de la fabrication de bijoux qu'il avait réussi, un temps, à vendre à des maisons de couture pour des défilés de mode. Sa mère qui l'avait élevé seule, dès la séparation du couple quand il avait six ans, était rédactrice de mode et aussi hyperactive que son ex compagnon était lymphatique. Il avait malheureusement hérité des gènes artistiques du père sans l'énergie positive de sa mère. Doué d'un véritable don, il aurait pu être pianiste de concert avec un peu d'effort. Bon élève, il avait réussi sans peine une maîtrise de droit à l'université Paris Assas, réputée pour être l'une des plus exigeantes, puis s'était demandé de longues journées que faire de ce diplôme. Son bobo de paternel lui avait inculqué le mépris de l'argent ; un avocat d'affaires ne pouvait donc être que le suppôt du capitalisme sans foi ni loi ; avocat d'assises avait de l'allure mais il était un peu timide ; le droit des familles le troublait, lui qui n'avait pas réussi à garder une copine plus de deux week-ends successifs ; le droit social l'attirait car il s'imaginait tel Robin des bois défendre le salarié spolié mais il fallait aussi défendre l'employeur exploiteur pour vivre donc le droit ne lui servait à rien, pensa-t-il à regret. Le cousin de sa mère, un énarque défroqué qui avait démissionné de la fonction publique pour devenir consultant en stratégie, appelé en conseil par sa mère, suggéra au jeune homme une carrière dans la fonction publique. Servir l'Etat, prôna-t-il, était une garantie d'intégrité et la routine conviendrait à son caractère amorphe, jugea-t-il, in petto, lui qui avait démissionné de peur de mourir d'ennui à Bercy. La police nationale recrutait. Raphaël se présenta. Il se retrouva, par hasard presque, élève officier de police, promotion 2012, de l'école nationale de police de Cannes-Ecluse.

Raphaël qui avait trop regardé de séries télévisuelles se voyait déjà profileur, enquêtant sur des serial killers avec une collègue blonde hyper-sexy. Ses notes lamentables aux épreuves physiques et au tir, son indifférence aux cours sur le code de police lui valurent un lointain rang de classement. Quand son tour vint de choisir son commissariat de première affectation, il ne restait que Vesoul, Vierzon et Vichy. Sa mère ayant des cousins vichyssois, Claude et Eliane Sichon, il opta pour Vichy se disant qu'il aurait au moins l'avantage de quelques invitations à déjeuner en famille qui le changerait de la cantine. Il y avait un train entre Vichy et Paris, c'était moins sur pour Vesoul et Vierzon, lui dit son père dont la curiosité touristique s'arrêtait au périphérique parisien. Ce serait donc, un peu par défaut, Vichy.

Le jeune policier y fut accueilli cordialement par son supérieur, le commissaire Alphonse Sornin. Autant Raphaël était un parisien exilé en pays bourbonnais, autant Alphonse Sornin s'enorgueillissait d'être un auvergnat de pure souche. Né à Aubière, il avait fait son droit à Clermont-Ferrand, sans quitter le domicile familial distant de quinze kilomètres et après un exil temporaire en pays bourguignon à la sortie de l'école de police, il avait grâce à un service calme et prudent, sans éclat mais sans boulettes, réussi à se faire muter au commissariat de police de Vichy dont il avait pris la responsabilité depuis dix ans déjà. Quinquagénaire ventru et jovial, il arborait une moustache roussâtre; « la couleur des vrais gaulois » plastronna-t-il.

Vichy était une ville thermale endormie comme la Belle au bois dormant, piquée par le rouet fatal de la décolonisation, sans grand espoir d'un baiser salvateur. Peuplée de petits commerçants, d'une bourgeoisie pratiquant l'adultère sans violence, de rares anciens ouvriers de la Manhurin bénéficiaire du RSA, de fonctionnaires, la criminalité se bornait à des vols de voiture par des manouches, selon la rumeur locale prudemment non confirmée par le commissaire, car expliqua-t-il à Raphaël, les vols étaient commis hors de sa juridiction, dans les campagnes, en territoire de gendarmerie. Outre la communauté manouche, sus citée, tenue à bout de gaffe par Sornin, Vichy comptait une population d'origine arabe assimilée mais jalousée par certains autochtones car occupant les HLM bâtis par un ancien maire bâtisseur Pierre Coulon sur l'un des plus beaux emplacements de la ville, en bord de plan d'eau. Les musulmans cohabitaient harmonieusement avec un fort contingent de pieds-noirs qui, dans l'urgence du départ forcé, avaient choisi les lieux de leurs vacances pour refuge. L'ancien maire, Marcel Schwob, non inscrit, battu aux dernières élections municipales par le candidat du Front national, Gibert Oridot, avait gardé de son passé de directeur d'Emmaüs France, une dangereuse propension philanthropique qui lui avait fait accueillir un fort groupe de réfugiés rwandais qui avaient fondé une église évangéliste. Ce supposé prosélytisme des 'africains' avait été un des chevaux de bataille de la campagne électorale perdue.

Raphaël ne savait de Vichy, avant d'y être affecté, que deux choses :

- capitale de l'Etat français choisie par Pétain parce qu'idéalement située sur la ligne de démarcation et riches en hôtels,

- une marque de produits de beauté utilisée par son ex copine qui l'avait quitté du jour au lendemain lui laissant un mot où elle disait « en avoir marre de le retrouver endormi dans son bain ».

Le commissaire Alphonse Sornin fit à Raphaël l'article sur Vichy avec un enthousiasme non feint :

« Vous êtes un petit veinard d'être affecté ici en sortant de l'école. Vichy se classe au 153e rang en termes de violence aux personnes. C'est une Circonscription de

Sécurité Publique peinarde. On a moins d'un meurtre par an, c'est tout dire. Vous allez y apprendre le métier peinardement, sans risquer de vous faire tirer dessus comme dans les quartiers nord de Marseille ou aux Tarterets. »

« Bizarre comme il ressemble à l'acteur Raymond Soupleix, le commissaire Bourel des Cinq dernières minutes, resté dans la mémoire collective pour son apophtegme : « Bon Dieu… mais c'est bien sûr ! » pensait Raphaël en écoutant un sourire crispé aux lèvres le prolixe descendant de Vercingétorix.

Raphaël, diplomate, ne releva pas qu'il y avait 426 CSP, donc que 153e, il n'y avait pas de quoi crier au record. Il laissa le commissaire, « bougnat de naissance et fier de l'être », lui vanter les plaisirs qui l'attendaient : « l'hiver, le climat est sain, froid mais sec, le printemps est idéal pour la pêche au saumon, l'été, la chasse est ouverte aux jolies curistes, heureux célibataire, l'automne, c'est la cueillette de champignons. Chaque saison, ses plaisirs ! »

Le jeune Lieutenant, arrivé depuis trois mois déjà, logé dans le logement de fonctions spartiate du Commissariat, partageait le rata des plantons et s'ennuyait tellement qu'il avait fini par accepter les parties de belote des gardiens de la paix qui le trouvèrent sans prétention. Le Commissaire l'invita l'avant dernier weekend de juillet, juste avant son départ en congés annuels, à déjeuner en famille. L'épouse d'Alphonse, Marguerite, aligna les banalités sur le temps comme des idées, vanta les charmes discrets de la ville d'eau, prenant à témoin son chien aux oreilles de chauve souris comme à un enfant. Le feuilleté aux pommes de terre à la crème, spécialité vichyssoise, fut suivi d'un poulet aux morilles, cueillies par l'époux, d'un saint-nectaire, le tout arrosé de Saint-Pourçain et de cerises à l'alcool. Raphaël opina, mutique et souriant, pendant tout le repas à toutes les trivialités de la dame qui dit à son conjoint, Raphaël partit tôt digérer par une sieste ce copieux repas. La maîtresse de maison prit à parti son commissaire de mari : « Il est pas un peu benêt ton adjoint, Alphonse ? Il n'a pas dit une parole sensée de tout le repas. A la réflexion, je ne suis pas sûre d'avoir envie de le présenter à ma nièce Caroline. »

Mort subite

Ce mardi 4 août, Raphaël était de permanence, le Commissaire étant parti le week-end précédent en congés pour tout le mois. Les cinq gardiens de la paix avaient reçu le renfort de trois CRS qui surveillaient les parcs en draguant les rares jeunes femmes curistes. A 8:10, Paul Vendat, le gardien de la paix au standard téléphonique appela Raphaël qui prenait son café dans sa cagna : « Chef, je viens de recevoir un appel des Pompiers qui viennent de constater le décès d'un curiste après l'ingestion de son verre d'eau des Célestins. Ils disent que ce n'est pas un arrêt cardiaque et ils demandent qu'on vienne sur place. Qu'est-ce que je leur dis ? »

« Dites leur que j'arrive. » répondit le lieutenant, content de se donner un peu de mouvement.

La source des Célestins, à moins de dix minutes de marche à pied de l'avenue Victoria, siège du Commissariat, Raphaël décida d'y aller d'un coup de vélo pour faire montre de la célérité de la police. Arrivé sur place, le pompier lui fit part de sa perplexité. Le curiste ne présentait au dire des témoins pas les signes habituels d'un arrêt cardiaque; il ne s'était pas pressé pas la poitrine avant sa mort, aucune sueur ; il était mort brusquement, juste après avoir bu son verre d'eau. Le pompier recommanda une autopsie car il n'avait jamais rencontré un cas aussi surprenant de mort subite.

Aux côtés des pompiers se tenait, modestement en retrait, un homme, la cinquantaine passée, aux cheveux ondulés poivre et sel, le nez chaussé de lunettes en écaille rassurantes que le capitaine de pompier présenta comme le docteur Pascal Dupin, médecin anesthésiste de la Véranda, la clinique privée de Vichy. « Une vague ressemblance avec Michael Caine » apprécia Raphaël, cinéaste impénitent.

« Je rentrais chez moi, j'habite dans le quartier. Je suis anesthésiste mais j'ai fait beaucoup d'urgences durant mes études ; quand j'ai vu la fourgonnette du Samu, je me suis présenté à l'équipe pour proposer mon aide. Le défunt n'est pas mort, selon moi, en première analyse, d'une crise cardiaque ; on a essayé de le réanimer moins de cinq minutes après qu'il soit tombée d'une masse selon les témoins, mais il n'a répondu à aucun des stimuli. Une foudroyante rupture d'anévrisme pourrait expliquer un décès si brusque. L'autopsie permettra peut-être de confirmer cette hypothèse mais je suis troublé par la tétanisation des muscles comme après un choc électrique. Cela ressemble à une anaphylaxie. Un poison violent du type cyanure, par exemple peut causer ce type de crispation post mortem. Il me semble à moi aussi indispensable de procéder à une autopsie. Cette mort me semble tout sauf naturelle. »

Raphaël remercia le médecin pour son intervention et son exposé médical, nota son nom, lui indiquant qu'il s'autoriserait à le visiter comme conseil à la clinique au vu des résultats de l'autopsie.

« Je reste à votre disposition » répondit posément l'anesthésiste avec une pointe de satisfaction visible d'avoir été le bon Samaritain.

Le corps fut expédié par fourgon sanitaire au service médico-légal de Clermont-Ferrand.

Par mesure de précaution, pour préserver les lieux pour une éventuelle investigation complémentaire et dans l'incertitude sur le rôle jouée par l'eau, le Lieutenant de police fit fermer la source des Célestins par l'employé de la Compagnie de Vichy et appela de son portable, le directeur de ladite compagnie, un dénommé Edouard de La Musardière.

« Coooment ? Un décès inexpliqué après l'ingestion d'un verre d'eau des Célestins ? Mais c'est incroi...yaable ! … Et vous voulez que je ferme la source ?... C'est très ennuyeux … Je comprends ; à vos ordres, mon Lieutenant » obtempéra le sang bleu qui parlait d'une voix affecté de muscadin.

Hypocondriaque

La carte de la pension Les Hortensias fut retrouvée dans le portefeuille de la victime, car dorénavant Raphaël le désignait ainsi. Le jeune Lieutenant reprit sa monture et s'y rendit en quelques coups de pédale. Selon la directrice de l'établissement, une certaine Micheline Desgironde, le curiste occupait, expliqua-t-elle, ravie de se trouver au cœur d'une intrigue policière, seul, la chambre numéro 27 ; la pension ne comportait que 7 chambres mais la dizaine qui indiquait l'étage impressionnait, pensait la tôlière, la clientèle. Accompagnée de la permanentée hôtelière, Raphaël visita la chambre de Henri Calou. Une garde robe bon marché, un désuet appareil photo argentique, des cartes postales non rédigées, pas de téléphone portable. L'adresse communiquée lors de la réservation était celle d'un petit pavillon d'Asnières sur Seine, l'informa au téléphone le commissariat local. Il serait compliqué de retrouver la famille du défunt, veuf et retraité.

Raphaël eut l'idée de consulter les fichiers Ameli de la sécurité sociale pour rechercher les médecins consultés par la victime dans la période récente afin de connaître les éventuels antécédents médicaux de la victime. Henri Calou avait consulté le 17 juillet, dès le lendemain de son arrivée à Vichy, le docteur Paul Ducray, médecin thermal attaché à l'établissement thermal de première classe. Ce n'était pas tout ! Henri Calou avait consulté vingt fois dans la seule année 2014 ! Raphaël retrouva le nom du médecin généraliste référent, le docteur Marion Lardy qui avait prescrit du Laroxyl au mort le 7 juillet, quelques jours seulement avant son départ en cure. Une prescription de diurétique par le même Dr Lardy datait de l'année précédente, le 10 novembre 2014. C'était ce même généraliste qui avait prescrit la cure thermale plusieurs années auparavant. Le Vidal en ligne indiquait pourtant une contre-indication à la prise simultanée de cet antidiurétique et celle de potassium compte tenu d'un risque d'hyperkaliémie. Raphaël, victime de la googleisation non maîtrisée, lut que l'eau des Célestins contenait du potassium (66 mg/L). Pour en avoir le cœur net, le lieutenant de police appela à Paris au téléphone le Dr Marion Lardy qui le prit au téléphone, après dix minutes d'attente sur une musique d'ascenseur, d'une voie de rogomme.

« Calou, vous dites ? Non, cela ne me dit pas grand chose. Vous savez je suis médecin au Semco, un dispensaire. Nous consultons jusqu'à 60 à 70 patients par jour, alors… Vous dites qu'il est mort en buvant de l'eau de source Célestins… Surprenant en effet mais en quoi puis-je vous être utile ? … C'est moi qui lui ai recommandé de suivre une cure thermale en 2010, dites-vous ? Cela ne fait pas de moi une suspecte, j'espère…

Et je lui ai prescrit du Laroxyl en juillet dernier ? Savez-vous qu'un français sur quatre a pris ou prendra des antidépresseurs ? C'est plus consommé que les pastilles de Vichy, si vous me permettez cette plaisanterie stupide. … Et je lui aurais aussi prescrit un diurétique contenant de la spironolactone !? … de l'Aldactone … et qu'il y a contre-indication à la prise simultanée de Laroxyl et d'Aldactone ? … si vous le dites, je n'ai pas le Vidal sous les yeux, mais quand lui ai-je prescrit de l'Aldactone ? … en novembre 2014 ? Il y a prescription, si je puis dire; si le patient a pris sans consulter du diurétique en même temps qu'un antidépresseur, je n'y suis pour rien, il n'avait qu'à consulter la notice; les gens gardent des armoires à pharmacie pleine de médicaments et s'en jettent des boites entières dans le godet; on n'y peut rien nous autres les médecins … Bon, excusez-moi mais je dois faire une consultation toutes les cinq minutes si je veux gérer la file d'attente; alors j'ai au moins un embouteillage de dix patients depuis le début de notre conversation, donc si vous permettez, je vais soigner les vivants. A votre disposition ! » conclut l'impatiente praticienne en raccrochant au nez de l'inspecteur.

« Elle a la voix de Bette Davis dans Baby Jane cette toubib » se dit interloqué Raphaël.

Raphaël posa lentement le combiné avec deux doigts, en le regardant comme s'il devait s'agissait d'un serpent et ouvrit son carnet moleskine 'Hemingway' que sa mère lui avait offerte pour ses vingt-cinq ans. Ayant décidé de l'inaugurer pour sa première enquête criminelle, il nota d'une belle écriture ronde un peu penchée :

Vichy 4/08/2015 10:00

Décès subit suspect d'un curiste à la source Célestins / Interactions médicamenteuses ? / Résultats de l'autopsie attendus

Très satisfait de son ingéniosité, il avait eu l'idée de détourner les notations d'échec qu'il pratiquait en amateur pour qualifier les indices : ! pour fait avéré ou indice utile, ? exigeait des compléments d'information, !? signifiait douteux

Mélissa

Liousse relisait, satisfait, la chronique de son enquête quand la sexy Mélissa Etienne, la gardienne de la paix, sculpturale métis guadeloupéenne, qui venait visiter ses rêves la nuit telle une incube, vint frapper à la porte. La chemise bleue de tenue réglementaire portée sans veste, déjà 35° C à l'ombre dans le cagnard vichyssois aoûtien, marquait son bonnet E. Raphaël, perdu dans son phantasme et les notices du Vidal, fit répéter l'accorte jeune femme :

« Vous dites que la photo d'Henri Calou plongé dans la source des Célestins est sur la page internet du journal La Montagne et qu'une vidéo me montre avec le mort et les pompiers sur la page Facebook d'un dénommé Kevin Lumière ! C'est quoi ce b… ! »

« Vous permettez Raphaël ? » demanda la voluptueuse agente de l'intempérance qui, nota le jeune homme, s'autorisait à l'appeler par son prénom alors que ses collègues masculins l'adressaient d'un réglementaire 'Chef', mais jamais 'mon Lieutenant'.

En deux clics, se penchant dangereusement au dessus de l'épaule frémissante de Raphaël, Mélissa, tapa La Montagne dans la barre de recherche du moteur de recherche Google. Raphaël se découvrit, le visage égaré au milieu des pompiers. Il semblait de demander ce qu'il faisait là, cherchant la sortie. Le journaliste du canard arverne avait, intentionnellement (?), capturé une photographie peu flatteuse du policier. L'article titrait 'Décès d'un curiste à la source des Célestins de Vichy'. Presque couchée dans son giron, son parfum mêlée à une odeur de sueur poivrée, lui donnant le vertige, Mélissa ouvrit la page Facebook du susnommé Kevin

Lumière. La photo du gamin, une casquette de basket portée crânement à l'envers sur un sourire idiot, publiait 'Ceci est ma page ! » comme si on ne savait pas lire ! 'Bréking niouz ! Vidéo d'un curiste cané en buvant de l'eau des Célestins ! Yo !!' Raphaël mit un instant à traduire en anglais breaking news; Yo, il connaissait. La vidéo capturée par le smart phone de l'ado du plat pays qui se la jouait Bronx, défilait avec des travellings aussi instables qu'un grand huit. L'image, malgré le mal de mer de la prise lelouchienne sous amphét' du jeune vidéaste, montrait en effet Raphaël en conversation avec les pompiers du Samu et avec le docteur Dupin. Le paparazzi en crokes apparaissait subitement, de par un traveling à 360° digne d'un Luna-park, finissant la vidéo par un selfie. L'image montrait clairement les comédons du reporteur : « Yo. On se fait chier à Vichy mais il s'y passe enfin de drôles, genre un vieux qui canne en buvant de l'eau de source thermale. La crise ! J'te dis pas. Les keufs, les pompiers, la totale. A suivre sur ma page. Likez !! »

Raphaël resta prostré au fond de sa chaise, le front moite de la tuile qui venait de lui tomber sur la tête mais surtout de la fragrance de l'affriolante policière.

« Chaud, n'est-ce pas ? » commenta, sans malice, Mélissa.

La boite de Pandore

Mélissa abandonna Raphaël à son coup de mou. Le jeune Lieutenant resta prostré devant son ordinateur pendant dix longues minutes. Il ne répondit pas au téléphone qui sonna à cinq reprises. Le planton au standard finit par venir frapper à sa porte.

« Chef, j'ai trois appels pour vous en attente. Un journaliste de La Montagne, le bureau du Maire et le commandant de la brigade de gendarmerie. Ah oui, Mélissa m'a dit de vous dire que la vidéo est postée depuis dix minutes sur YouTube, avec plus de 500 vues déjà. Vous êtes célèbre Chef !'

« Passez-moi la gendarmerie, puis le Maire, puis la journaliste, s'il vous plaît. » demanda d'une voix éteinte Raphaël.

« Oui, commandant Prunelle ? Vous avez cherché à me joindre ? Oui, vous avez vu la photo sur le site de La Montagne... Vous connaissiez la victime ! Un gendarme à la retraite, me dites vous ... Qui était passé vous saluer le 16 juillet comme chaque année à l'occasion de sa cure. ... On a procédé à l'autopsie. Il semble que la source ait été polluée au cyanure. Nous avons fait des prélèvements; seule l'eau du verre de la victime était empoisonnée. La source reste fermée jusqu'à conclusion de l'enquête. Bien sur, je vous tiens informé de l'avancement de l'enquête puisqu'il s'agit d'un ancien gendarme … Mes respects, mon Commandant. »

« Me voilà bien avec les Pandores sur le dos maintenant ! » dit à voix haute le jeune policier.

Le planton lui passa ensuite la secrétaire particulière du maire Jacques Oridot.

« Monsieur le Maire demande à me voir au sujet de l'accident intervenu à la source Célestins. Aujourd'hui à 14:10 … Bon, dites lui que j'y serai. Au revoir. »

Le journaliste du journal La Montagne lui donna ensuite le tournis par sa faconde :

« Bonjour ! Je m'appelle Maurice Sancy; comme le puy du même nom, ah ! ah! ah!; je suis grand reporter à La Montagne. C'est bien vous le Lieutenant de police qui avez découvert le mort ? … Existe-t-il un lien médical entre la prise d'eau des Célestins et la mort du curiste … Cette information relève du secret de l'enquête dites-vous ? ... donc il y a un lien. Le ministère de la santé est-il informé d'un risque attaché à cette eau de source ? Une interdiction de la source, au moins temporaire, est-elle envisagée ? … Vous avez consigné l'accès à la source jusqu'à nouvel ordre, donc il y a un risque de santé publique… Non ? Donc, je peux écrire que l'eau de source Célestins est sans dangers ? … Non, je ne peux pas ? Donc elle est dangereuse ? … L'identité du mort est-elle connue ? … Vous ne pouvez rien dire ? … Quels sont les résultats de l'autopsie ? … Cela relève de l'enquête ? Donc ce n'est pas une mort naturelle … Nous envoyons une équipe sur place cette après-midi pour passer un reportage dans le JT de ce soir, pouvons nous vous interviewer ? … Non ? Bon, je vois que vous ne voulez pas coopérer avec le principal organe de presse d'Auvergne. Nous dirons donc que la police enquête sur cette mort foudroyante suspecte d'un curiste après l'absorption d'eau des Célestins. »

Le jeune policier se sentit perdre une dizaine de centimètres au fond de son fauteuil.

« Quel idiot, j'aurais du refuser de le prendre au téléphone au lieu de me faire piéger comme un bleu par ce journaleux ! »

Jacques Oridot

L'hôtel de ville, d'époque Troisième république, copié de la Mairie de Paris, trône sur la principale place de Vichy. On croirait un gâteau de mariage, avec son clocheton formant un couple enlacé sur la toiture compliquée de l'édifice prétentieux. La pâtisserie tudorienne regarde la vaste rotonde bedonnante de ciment brut de l'hôtel des postes, du style composite cher à la ville thermale, célébré lors de son inauguration en 1935 pour disposer d'un des centraux téléphoniques les plus modernes d'Europe, facilité qui aurait, entre autres, orienté le choix du maréchal Pétain d'y installer le siège de la capitale de l'Etat de Vichy.

Tel un bourgeois de Calais, Raphaël escalada à pas lents la volée de trente marches du pompeux escalier d'honneur décoré de grandes fresques de style sulpicien représentant les arts et le commerce florissants en un enlacement de grasses matrones et de forts des Halles, et se présenta à l'heure imposée au cabinet du maire.

Jacques Oridot était maire ex Front national. Il avait rendu sa carte, furieux de voir « la félonie », selon ses termes, gouverner le parti frontiste depuis l'éviction de son président fondateur, Jean-Marie Le Pen. Lors des municipales de 2014, il avait arraché de quelques dizaines de voix seulement le poste au maire sortant, Marcel Schwob, maire non inscrit, ancien directeur d'Emmaüs France qui avait réussi jusque là à dissimuler sa dangereuse jeunesse gauchiste à l'électorat frileusement droitier de retraités et de petits commerçants vichyssois. Jacques Oridot avait marché sur les pas de Gilbert Collard, candidat malheureux en 2011, mais sans démarquant nettement en critiquant « le philosémitisme et l'affiliation maçonnique » et le soutien de son confrère à Marine Le Pen, « la parricide » (sic). L'ex frontiste ne manquait pas une occasion de se moquer de l'incapacité de son illustre confrère à emporter la mairie de Vichy, chantonnant, par dérision, certains couplets de la chanson d'amour enregistrée par Gilbert Collard lors de sa campagne municipale de 2008 : « Vichy s'est endormie… dix neuf ans dans un lit… où sont les charolais et la thermalité… je suis ton VRP, ton meilleur avocat… » et postée en vidéo sur Dailymotion et YouTube.

Jacques Oridot était lui aussi une grande gueule d'avocat pénaliste mais sans la célébrité nationale de Me Collard. Il s'était fait une célébrité locale en défendant, sans honoraires mais en sur médiatisant les causes, des criminels psychotiques, les dépeignant comme des gueules cassées de l'exclusion sociale. Cette posture de Robin des bois, ses enflures verbales, servaient sa grande ambition : celle de jouer un rôle politique national. Son mépris intime des faibles, dissimulé sous une démagogie impudente, lui faisait rechercher le bouc émissaire des « malheurs de la France » dans « la 3e colonne islamiste, le complot judéo-maçonnique et la chienlit socialiste ».

Raphaël avait milité pour la Licra pendant ses années de droit provocant les nervis du GUD à Assas. Devenu policier, il mettait ses convictions humanistes sous le boisseau, estimant que la fonction devait d'être apolitique et, surtout, pour ne pas polémiquer avec certains de ses collègues qui, eux, s'affichaient de droite voire d'extrême droite. Prenant le parti de ne plus en avoir lui de parti, il esquivait toute discussion de café du commerce. Comme il ne parlait pas non plus de cul, ses nouveaux collègues le trouvaient pas fier mais taiseux; « un peu pédé, le jeunot » se gaussaient même certains flics machistes.

L'ayant fait attendre dix minutes pour marquer son importance, monsieur le Maire reçut, enfin, le jeune policier.

« Bonjour Lieutenant. Excusez mon retard ; j'étais au téléphone avec la ministre de la santé à qui je demandais de faire un communiqué démentant tout lien entre l'excellente eaux des Célestins et ce regrettable décès d'un curiste … Vous me dites que l'autopsie a établi un lien possible … Possible n'est pas certain, donc il faut démentir ces rumeurs maintenant, sans tarder car elles portent un discrédit dommageable à cette ville qui a eu la bonne idée de m'élire. Ah ! Ah ! ... Je vois que vous ne répondez pas donc vous m'approuvez, mais cette socialiste de ministre de la santé ne veut rien publier tant que l'enquête n'a pas abouti ... Où en êtes-vous dans vos investigations ? Il faut boucler cette enquête rapidement ! C'est une catastrophe pour Vichy déjà frappée d'endormissement par l'absence d'ambition de mon prédécesseur. C'est élu par les enseignants et les Francs Maçons, ce qui est une forme de pléonasme et pas un gage de dynamisme. Ah ! Ah !... Pour commencer, obtenez la suppression de cette vidéo scandaleuse des réseaux sociaux ... Vous me dite que les sièges sociaux sont situés en Californie. C'est bien l'illustration que l'Europe est une passoire inféodée à l'oncle Sam ! ... Tout cela est navrant. J'ai demandé à Jean-Marie Le Pen de venir tenir un meeting de soutien à ma candidature aux régionales, sur la liste dissidente du FN, le 3 septembre prochain ici à Vichy. Il pourra illustrer son discours de l'exemple de cette paisible ville de province abandonnée par l'Etat socialiste à la cabale d'internet, cette fosse d'aisance des désaxés et des pervers ! »

Depuis vingt minutes déjà, l'élu pérorait, enflait sa voix, jouait de pauses dramatiques, la main levée et la mèche emportée. Raphaël observait le baveux cabotin avec une curiosité mêlée de répulsion. Il lâcha prise, n'écoutant plus le soliloque, se concentrant sur la gestuelle, les mimiques outrées de l'histrion ne se réveillant qu'au moment de la péroraison :

« ... et quand revient mon ami, le Commissaire Alfonse Sornin ? ... Pas avant septembre ! Ne peut-il pas interrompre ses vacances pour prendre en charge cette difficile affaire ? ... Non, je vais devoir prendre seul mes responsabilités. Je reçois dans une heure une équipe de Fr3 Auvergne. Vous m'excuserez de ne pas me féliciter dans mon interview de l'action des services de l'Etat, ce qui inclut la police. Au plaisir, Lieutenant. »

Raphaël se promit en sortant du bureau du maire de voter aux prochaines élections rompant son abstentionnisme démissionnaire.

Cyanure

Les résultats de l'autopsie indiquaient des traces de cyanure dans le corps. Le curiste avait bien été assassiné par un verre d'eau des Célestins empoisonné !

Il décida d'aller questionner le directeur de la Compagnie fermière espérant et possible rencontrer aussi le docteur Paul Ducray qui avait le dernier consulté le défunt.

Raphaël appela donc le très mondain directeur de la Compagnie de Vichy en lui demandant de le recevoir immédiatement.

« Mais c'est un peu ennuyeux, cela ne peut-il attendre demain matin… Je dois préparer avec le Président Aznavourian la soirée de rentrée du Rotary d'octobre qui sera sur le thème 'Vichy, reine des villes d'eau'. Je voulais en profiter pour faire taire cette cabale sur la dangerosité de l'eau des Célestins déclenchée par cet ado irresponsable et, je le crains, alimentée en sous-main, par des commentaires anonymes de stations thermales concurrentes. Je ne citerai pas de noms mais la concurrence est féroce entre stations. Vichy est très jalousé … Immédiatement ? … Je vous attends, mon bureau est au 1er étage du Centre thermal des Dômes, 3 avenue Eisenhower. Vous pouvez utiliser le parking VIP. Vous venez à vélo !? Bon, si vous préférez. »

Raphaël ne pouvait avouer qu'il avait raté son permis pour la cinquième fois le mois précédent et que le vélo était son moyen de locomotion habituel quand il était pressé. Par peur du ridicule, il hésitait à demander à un gardien de la paix de lui servir de chauffeur, ignorant que tout le commissariat rigolait dans son dos de son inaptitude à la conduite.

A vrai dire, Raphaël avait été un brillant étudiant mais les sports et les travaux manuels n'avaient jamais été son fort. Sa mère avait été fort déçue de ce que, seul de sa promotion d'officier de police, il ait été exclu du défilé du 14 juillet 2013, pour incapacité avérée à marcher au pas. Ne parlons pas de ses résultats au tir au pistolet. Mais tout cela est une digression, revenons au fil du récit.

Edouard de la Musardière

Un peu transpirant du kilomètre avalé dans la touffeur de la cuvette vichyssoise, Raphaël posa son vélo sur l'emplacement VIP du parking à côté d'une Safrane occupant l'emplacement marqué d'un Direction en peinture blanche.

« Pas luxueux comme voiture de fonctions » pensa le policier.

Il fut accueilli dans le hall par une étudiante qui ne savait pas qui était Edouard de la Musardière mais ne refusa pas l'accès à l'étage de direction au Lieutenant quand il présenta sa carte de service.

Le très mondain directeur, habillé d'un costume d'été bleu faisant ressortir le pin's du Rotary à son revers, était en grande discussion avec un bel homme d'une cinquantaine bronzée habillé d'un pantalon clair et d'un polo griffé Sporting Club Vichy.

« Le docteur Paul Ducray, médecin thermal des établissements de la Compagnie Fermière ». lui présenta le directeur.

Raphaël nota que le directeur, comme la plupart des vichyssois, continuaient à appeler, par habitude, Compagnie Fermière la société qui avait modernisé son nom en Compagnie de Vichy en 2009. Nostalgie de l'époque glorieuse des colonies ?

Le médecin salua le policier d'un signe de tête tout en achevant sa conversation avec le directeur.

« Donc, c'est convenu comme cela; on se retrouve chez moi à 18:30 pour un drink, on dîne sur le pouce à La Rotonde et on finit la soirée chez vous par un bridge. Mes amitiés à Sophie. »

Le médecin salua d'un regard le policier avant de sortir.

« Veuillez m'excuser Inspecteur, la logistique de notre bridge hebdomadaire... mais je vous en prie, asseyez-vous; que puis-je pour vous ? »

« Merci de me recevoir à l'improviste. Je viens vous informer en personne et sous le sceau de la confidence que l'autopsie conclut à un empoisonnement au cyanure. Il faut que vous me disiez qui a accès au captage de l'eau des Célestins et que vous m'accompagniez immédiatement pour vérifier une éventuelle entrée par effraction. »

Le très mondain directeur resta sans voix à cette révélation.

« Mais... le lieu du captage est une information confidentielle, connue de quelques personnes seulement... Qui exactement ? ... Moi, évidement, le siège de la Compagnie, le Préfet, le directeur département de la santé, les pompiers, je crois, l'employé qui effectue les prélèvements hebdomadaires pour vérifier la qualité des eaux... Une dizaine de personnes au plus... Je vous en fais la liste dans journée ... Vous voulez accéder au site de captage maintenant ? A cette heure ? Je ne crois pas que cela soit possible, l'employé doit avoir quitté son poste ... Vous voulez que je le fasse appeler maintenant à son domicile ... Bon, puisque vous insistez... »

Comme beaucoup de dirigeants, le bien né directeur était désemparé sans sa secrétaire. Son premier réflexe fut de se précipiter dans le bureau voisin en appelant « Micheline… » mais il s'arrêta devant le bureau éteint de sa collaboratrice. Il tenta d'appeler la Directrice des Ressources Humaines.

« Ouf, vous êtes encore là, Marie-Josée, Dieu soit loué ! Connaissez-vous le nom de l'agent en charge des prélèvements de surveillance des eaux ? Raymond Loisel, dites-vous ? Sauriez-vous le joindre chez lui et lui demander de venir me retrouver séance tenante ? Dites-lui que c'est très urgent. … Oui, c'est lié au malheureux incident de ce matin à la source Célestins. Je ne peux pas vous en dire plus. »

Raymond Loisel arriva au bout d'une demi-heure surpris d'être convoqué par le directeur qu'il n'apercevait qu'une fois par an lors des vœux au personnel.

« Loisel, comment allez-vous ? » lui demanda de La Musardière, jouant une feinte familiarité à l'agent surpris par la main tendue qui le mit immédiatement sur ses gardes.

« Le lieutenant, que voici, enquête sur l'incident de ce matin à la source des Célestins. Il faut que vous nous conduisiez au captage. Vous avez les clés ? »

« Oui, comme vous, monsieur le Directeur » répondit du tac au tac l'agent méfiant.

« Oui, enfin, je ne sais plus où je les ai mises et je ne suis pas allé au captage Célestins depuis des années. Merci de nous y guider. »

Raphaël interrompit ce dialogue de mauvaise volonté réciproque pour demander au snob directeur :

« Pourriez-vous vérifier que vous avez toujours votre clé du captage, monsieur le Directeur ? »

Confus, et visiblement énervé de devoir s'exécuter devant un collaborateur, de La Musardière fouilla hâtivement les tiroirs de son bureau.

« Vous ne gardez pas ces clés d'un lieu aussi sensible dans un coffre ? » se surprit Raphaël.

« Un coffre ? Nous n'en avons pas et personne ne rentre dans mon bureau. ... Si mon bureau ferme ? ... Non, mais qui oserait y rentrer en mon absence ? » s'offusqua le sang bleu.

« Juste une précision... Alors cette clé, vous la retrouvez ? »

« Ah ! La voilà ! Vous voyez, on a même noté sur le porte-clés 'Captage Célestins' pour ne pas l'égarer par mégarde. »

Raphaël examina la clé, une banale clé de serrure métallique, datant de plusieurs dizaines d'années à en juger par l'usure, même pas une clé de sécurité.

« Donc, n'importe qui entrant dans votre bureau et fouillant vos tiroirs aurait pu en faire un moulage, voire même vous l'emprunter pour faire un double ? »

Un silence lourd s'installa entre les trois hommes.

Le directeur fit la conduire dans sa voiture de fonctions. Le captage de la source Célestins se trouvait, à cinq minutes de voiture, dans le parc du même nom dans un petit bâtiment annexe discret, ressemblant à une cabane de jardin.

Raphaël examina la serrure; elle était apparemment intacte, aucune trace d'effraction. Il décida de ne pas pénétrer dans le captage afin de préserver d'éventuels indices pouvant être relevés par la brigade scientifique. Une chose était certaine : le criminel qui avait pénétré dans l'enceinte du captage disposait d'un double de clés. Le tueur était peut être là devant lui.

Les trois hommes se regardèrent avec méfiance.

Raphaël les remercia tous les deux et les libéra. Il procéda à la pose d'un scellé sur la porte puis récupéra sa bicyclette sur le parking VIP du centre des Dômes et pédala jusqu'au Commissariat d'où il envoya un rapport à la direction régionale demandant l'intervention de la brigade technique pour rechercher d'éventuels indices sur les lieux.

Notes du carnet Moleskine :

Empoisonnement du captage sans effraction grâce à un double de clés ? Tous les détenteurs de clés suspects.

Les relevés d'empreinte effectués le lendemain devant le local du captage et à l'intérieur identifièrent celles du Directeur, celles de l'agent ainsi que celles d'un inconnu. Cela réduisait les suspects à trois personnes.

Les prélèvements d'eau conclurent à la parfaite innocuité du breuvage pétillant. La source avait donc été polluée dans la nuit, la veille du crime.

Empoisonnement de la source : nuit du dimanche 2 août 20:00 au lundi 3 août 7:00

Mais qui diantre pouvait vouloir empoisonner un anonyme curiste tiré au sort par son heure d'arrivée à la buvette ? L'agent qui ouvrait les grilles indiqua que l'ex gendarme était depuis son arrivée toujours le premier à prendre les eaux. Un crime visant l'ex gendarme et non un curiste au hasard n'était donc pas complètement exclu. Raphaël, par méthode mais sans y croire, savait qu'il devrait aussi rechercher dans le passé du gendarme un indice que sa mort ait pu n'être pas aléatoire, et s'assurer que rien ne rattachait l'ancien gendarme à Vichy hors son engouement thermal.

Suspects de l'empoisonnement : Edouard de La Musardière, Raymond Loisel et inconnu / Victime : tiré au sort ou personnellement visée / Mobile du crime ??

Le lendemain, la gendarmerie lui communiqua une fiche sur le gendarme Henri Calou : carrière banale, Brigadier chef à la prise de retraite, des états de service sans tâche mais sans aucun fait notable, aucune attache connue à Vichy, n'avait jamais cantonné en Auvergne. Vie privée : veuf, fils unique, parents décédés, ras (rien à signaler). Raphaël comprit à la lecture de ce terne rapport sur la vie du défunt qu'il lui serait très difficile de trouver des liens rattachant la victime à Vichy où il menait l'existence tranquille d'un curiste anonyme. L'hypothèse la plus probable était donc celle du hasard qui avait frappé Henri Calou ou plus exactement sa manie de boire le premier le matin.

Henri Calou : victime non désignée / Qui était visé par le crime ?

Le maire, informé des résultats de l'autopsie et de la fermeture de la source Célestins se concerta avec Edouard de La Musardière. La catastrophe médiatique, donc commerciale, pour la ville thermale de cette mort suspecte le consternait. Le maire tempêta contre la prudence de la direction du siège de la Compagnie Fermière de Vichy qui ne voulait pas faire de communiqué de presse. L'entretien entre eux fut houleux malgré leurs relations amicales.

« Mais enfin, Edouard, on ne peut pas rester les bras ballants à attendre que ce béjaune avance dans son enquête. J'ai appelé le directeur régional de la police à Clermont-Ferrand, un certains Gaston Aubière, pour que l'affaire soit confiée à un enquêteur chevronné mais il m'a répliqué qu'au mois d'août ils étaient en sous-effectifs et que rien ne justifiait à ce stade de dessaisir le Commissariat local. Ce ne sont que des paravents, des cache-sexes pour ne pas avouer qu'ils sont très contents à quatre mois des élections régionales, que je sois affaibli dans ma position de tête de liste des régionales. Marine Le Pen m'a promis de venir en septembre faire un grand meeting de soutien, ici, à Vichy. Ce féal du pouvoir socialiste d'Aubière est trop content de me voir empêtré dans une enquête qui patine. Je ne suis pas loin de voir dans cet empoisonnement une manœuvre contre moi ! Ce flicaillon devrait aller enquêter dans la section socialiste et la loge du Grand-Orient, il aurait peut-être des indices !

Le nobliau baissa les épaules sous la harangue du sanguin édile. » Ce Oridot est d'un vulgaire » disait justement Ariane, sa femme. Ils se quittèrent froidement. Le maire se promit de demander à la direction de la Compagnie fermière son remplacement, dès la crise passée.

Bains de première classe

Le mois d'août se passa sans avancée notable dans l'enquête mais avec un résultat inattendu : si les curistes parlaient avec préoccupation de cette rumeur d'une intoxication fatale par ingestion d'eau des Célestins, de nombreux curieux venaient voir la source, parfois des environs, se faisaient photographier devant la grille fermée de la source. Ce voyeurisme augmenta la clientèle des bistrotiers qui firent une excellente seconde quinzaine d'août. Cet afflux de badauds et le tournoi national de Scrabble de Vichy des 22 au 29 août qui se présentait bien avec plus de mille compétiteurs inscrits « sauverait peut-être la saison ».

A Vichy, jusqu'aux années 60, les établissements thermaux comportaient, comme le train ou le métropolitain, trois classes : la troisième pour la piétaille de petits fonctionnaires coloniaux, la seconde pour les bourgeois et la première pour la haute société venue du monde entier.

La compagnie fermière de Vichy avait du renoncer à cette saine discrimination tarifaire, symbolisée par le caractère spartiate des établissements de troisième classe qui faisait contraste avec le luxe de ceux de première classe, compte tenu de la perte de la clientèle de première classe. Tous les curistes, dorénavant, bénéficiaient des mêmes prestations de base tarifés Sécurité sociale. Une série d'extra était proposé, hors convention, par les Thermes des Dômes qui tentait d'attirer à Vichy une partie de la clientèle fortunée adepte des thalassothérapies. Les grands hôtels qui avaient été transformés en ministères pendant l'Etat de Vichy, avaient été vendus, les uns après les autres, par appartement. Les pensions de famille étaient reconverties en petits hôtels particuliers. Un hôtel Novotel et Ibis avaient banalisé l'hébergement quand les palaces d'avant guerres coloniales se paraient de noms glorieux : Majestic, Royal, Hôtel de Russie et autres Elysée Palace. Même les petits hôtels de famille se flattaient de désignations également tirées du gotha pour flatter l'ego de la piétaille des curistes : Villa

Regina, Victoria, Eugénie… ou souriantes de fleurs : Pension des Hortensias, des Bégonias… La ville tentait de faire revenir une clientèle huppée avec deux Quatre étoiles : le Vichy Célestins Spa Hôtel et l'Aletti Palace, mais avec un succès médiocre comme en témoignait la fermeture de deux casinos sur trois.

Les Thermes des Dômes, anciennement Bains de première classe sont le navire amiral des établissements de soins thermaux. Construit à la fin du XIXème siècle dans un style pseudo-byzantin, anciennement Grand Etablissement Thermal , les thermes dominent le Parc des sources du haut de son dôme de grès flammé pseudo safavide et de ses deux châteaux d'eau qui figurent une paire de minarets. Parmi les soins proposés, le site internet de la compagnie vantait : 'la douche à affusion dispensée verticalement, en cabine, par des rampes d'eau thermale de Vichy. Ce soin utilise uniquement la vitesse de l'eau pour stimuler la pénétration des oligo-éléments thermaux de Vichy'.

Yolande Randan adorait le picotement de l'eau sur ses reins. Elle s'offrait une séance de six minutes de jets d'eau tous les jours après son goûter au salon de thé Olympia où elle faisait un manquement coupable à son régime 'jeunesse minceur' en dégustant l'une des deux spécialités locales : une pompe aux pommes ou un piquenchâgne, gâteau aux poires macérées dans un mélange de sucre, de crème et de rhum.. Une petite promenade digestive de quinze minutes jusqu'à l'établissement thermal pour sa douche balnéo quotidienne qui lui ouvrait l'appétit pour le dîner.

Ce lundi 10 août, à 17:30, Yolande entra dans le petit vestiaire pour se déshabiller et mettre son maillot de bain. Les douches individuelles étaient accessibles grâce à un jeton acheté à un guichet central. Aucun préposé ne surveillait la coursive de balnéothérapie. Chaque séance durait six minutes de douche avec 9 minutes de vestiaire soit un quart d'heure au total. La douche était activée de l'intérieur de la cabine, l'eau jaillissait à trente cinq degrés, une minuterie coupant l'eau au bout des six minutes de séance. Yolande accomplit sa petite routine. Elle avait un petit secret. Les cabines étant individuelles, elle se douchait toute nue ce qui ajoutait à son petit plaisir quotidien. Entrée dans la cabine, la sexagénaire se tint fermement d'une main à la barre en acier inoxydable et appuya sur le bouton de la douche. Les jets d'eau minérale croisés vinrent fouetter son corps replet. Yolande ferma les yeux, jouissant des bienfaits de la balnéothérapie. Le bien-être s'installa en elle sous l'onde vigoureuse propulsée par les minarets châteaux d'eau. La sensation de plaisir céda d'un coup à la douleur quand l'eau d'une agréable chaleur devint brûlante. Yolande cria sous la morsure de l'eau thermale chauffée à plus de cinquante degrés. Elle tenta de fuir en saisissant la porte en verre mais la porte était fermée de l'extérieur ! Dans sa panique, la curiste glissa et se rompit le cou. Pendant quatre longues minutes, l'eau bouillante rougit la peau flétrie du corps prostré de la victime.

Le curiste suivant, un paisible grand-père, constatant le blocage de la porte avait alerté l'agent de bains qui découvrit le corps nu et inanimé de Yolande.

Les pompiers ne purent que constater le décès par rupture des cervicales de la curiste et les brûlures profondes causées par l'eau surchauffée.

Le décès de la curiste ne passa pas inaperçu des promeneurs. Le pin-pon de leur voiture fit attrouper les curistes nombreux à cette heure dans le parc des sources.

Le portable de Raphaël n'avait cessé de sonner alors qu'il dévalait l'avenue Victoria puis le Boulevard des Etats-Unis en slalomant entre les voitures. L'arrivée en vélo d'un officier de police fut moult fois photographiée. Une vidéo du cycliste fut postée dans l'heure sur Pinterest avec un pointeur sur la page Facebook du paparazzi amateur qui avait mis en ligne 'le meurtre des Célestins'. Les moteurs de recherche indexèrent le tag 'Vichy' et la vidéo circula en quelques instants sur les réseaux sociaux sous le titre 'Vichy : nouveau décès suspect' mais, au lieu d'un mort, la vidéo montrait l'arrivée du policier bien vivant juché sur un vélo bleu Gitane de police. Le dit vélocipédiste argousin se démonta et consulta d'un œil son smart phone. Le numéro de la mairie s'affichait. Raphaël mit en silencieux l'appareil et se précipita dans le hall du Thermalia.

Le rotarien directeur l'attendait devant l'accueil, assailli par des curistes paniqués par la venue des pompiers.

« Venez, c'est au premier sous-sol que le malheureux accident s'est produit ».

Raphaël pénétra dans le couloir des cabines de douche, humide de vapeur chaude ; il découvrit le corps avachi de la curiste que les pompiers avaient laissé dans la position de sa chute après avoir constaté la perte de pouls.

Il ne douta pas que le criminel ait frappé une seconde fois et en plein jour, à nouveau dans un lieu fréquenté par les curistes ! Le tueur en série en voulait décidément aux cures thermales !

Raphaël établit dans la journée que Yolande Moreau n'avait aucun lien avec Henri Calou, la première victime; ce n'était pas eux mais quelqu'un d'autre ou une institution qui était visé à travers eux, par un criminel qui avait ses entrées au sein de la Compagnie Fermière de Vichy. Après avoir empoissonné le captage Célestins, c'était le même meurtrier, ne douta pas

Raphaël qui avait accédé discrètement à la chaufferie des douches pour mettre le thermostat à fond puis enfermer de l'extérieur la malchanceuse curiste, son décès accidentel était un bonus inattendu pour lui.

Qui pouvait avoir un intérêt à la mort de deux curistes anonymes ?

Coupable : agent de la Compagnie Fermière de Vichy ? / Mobile ? / Véritable cible : Compagnie Fermière de Vichy ? Cures thermales ?

Intrigues vichyssoises

La Montagne du 11 août titra : 'Un meurtrier en série à Vichy ? La police enquête à vélo !'; l'article était illustré d'une photographie montrant l'arrivée de Raphaël pédalant en danseuse sur le VTT bleu police.

Le Directeur régional de la police découvrant l'article, s'étrangla sur son premier café de la journée et appela le jeune Lieutenant.

« Excellente publicité pour les brigades vélocipédistes, Liousse ! … Mais le VTT c'est bon pour un gardien de la paix, pas pour un Lieutenant de police, vous avez décidément un plan de carrière comme star des réseaux sociaux ! »

Cette avoinée administrée, Gaston Aubière ne donna qu'une consigne au jeune enquêteur :

« Des résultats, des résultats ! Et pas de vagues avec les politiques et la Compagnie Fermière ! Du tact et de l'efficacité, Liousse ! »

Le policier était lui convaincu que le mobile des crimes était à rechercher non dans la vie privée des deux victimes mais dans les intrigues vichyssoises qui pouvaient motiver le(s) coupable(s). Mais comment lever le lièvre sans titiller l'establishment vichyssois ?

Paul Vendat, l'agent de permanence au standard, lui passa d'autorité le cabinet du Maire, le très démagogue Oridot.

« Cela fait cinq fois qu'il appelle, j'en ai marre de lui dire que vous êtes pas là. »'

Au bout du fil, la voix affectée de l'assistante, que les ragots disaient sa maîtresse tant son patron était connu pour un queutard éhonté, un Rodolphe de province pour Bovary vichyssoises, avec ses cheveux trop longs portés dans le cou et son abondante mèche poivre et sel, intima :

« Je vous passe monsieur le Maire »

« Allo. Liousse ? C'est quoi cette chienlit ? »

L'officier de police fut tenté de raccrocher au nez du cuistre qui se dispensait des plus élémentaires formules de politesse. Il se contenta de rester silencieux.

« Allo ! Vous êtes là ? Mireille, vous êtes sure de m'avoir passé le commissariat » tonna l'édile à travers les cent mètres carrés de son bureau d'apparat.

« Absolument, monsieur le Maire » répondit d'une voix pointue le bonheur-du-jour féminin.

Après avoir laissé fulminer l'irascible avocaillon, Raphaël répondit d'une voix très cérémonieuse :

« Que puis-je pour vous monsieur le Maire ? »

« Il faut agir ! Après le suicidé à l'eau de source, la maniaque des douches, demain ce sera quoi ? L'enfouissement dans un bain de boue, l'étouffement avec une pastille Vichy, la noyade en aquagym, le masseur étrangleur ? Vous devez mettre en place une surveillance dans tous les établissements fréquentés par les curistes. On ne peut pas laisser un pauvre zig se faire assassiner tous les deux jours ! »

« Une sorte de Vigipirate thermal ? » suggéra d'une voix melliflue le policier.

« Oui, c'est ça ! Un plan Vigipirate thermal ! Je vois avec satisfaction que vous avez, enfin, pris l'ampleur de la menace en considération. »

« Le seul hic, monsieur le Maire, c'est que nous ne sommes que cinq en ce mois d'août, moi et quatre gardiens de la paix, ce qui, compte tenu des repos, des autres obligations de service, limite à moins d'une personne à temps plein la surveillance d'une ville de trente mille habitants. Je ne cite pas les trois CRS de renfort pour la surveillance de Vichy-Plage. Avec la meilleure volonté, monsieur le Maire, nous ne pouvons mettre la ville sous surveillance. »

« Si ce rêveur d'ancien maire avec ses pudeurs libertaires n'avait pas refusé la mise en place de caméras de surveillance, on n'en serait pas là ! Puisque vous ne voulez rien faire, je vais demander aux agents de la police municipale de faire des rondes préventives aux abords des sources et des établissements thermaux. »

« Excellente idée, monsieur le Maire, de réaffecter vos moyens de la surveillance de celle des parcs mètre à celle des curistes. »

Oridot entendait l'ironie respectueuse du policier mais il était de ces sanguins dont l'énergie s'essouffle d'un coup, comme une chaudière de locomotive qui se purge après avoir sifflé.

« Autre sujet, et je ne doute pas que, sur ce point, vous ayez les moyens d'agir : ces vidéos infamantes qui circulent sur les réseaux sociaux, dénigrant Vichy. Il faut les faire retirer. »

« Auriez-vous l'obligeance de m'envoyer un courrier circonstancié sur cette demande, monsieur le Maire, car, à ma connaissance, les sièges sociaux de ces réseaux sont pour la plupart en Californie; le ministère appréciera s'il est possible de faire droit à votre demande. »

Humilié par les réponses polies mais négatives du policier, le Maire coupa court à la conversation et raccrocha sans saluer.

Sporting club

Le jeune policier était très intrigué par la propension du tueur, car son intuition lui suggérait qu'il s'agissait d'un unique tueur qui ne faisait qu'entamer une série par ces deux premiers crimes, à assassiner ses victimes dans un lieu de cure : source ou établissement thermal. Les suspects étaient donc à rechercher en priorité dans ce milieu : agents de bains, soignants, médecins, salarié de la Compagnie Fermière de Vichy.

Il décida de demander conseil au médecin Paul Ducray des Thermes des Dômes qu'il avait croisé dans le bureau du prétentieux Edouard de la Musardière. Il l'appela. Sa secrétaire l'informa que le Docteur Ducray présidait la commission éthique du Sporting club de Vichy ce mardi matin 11 août et qu'il déjeunerait sur place. Il devrait être visible à l'heure de l'apéritif, vers midi. Devait-elle le prévenir ? Liousse remercia et indiqua que c'était inutile; il irait au Club house en fin de matinée dans l'espoir de le voir. Le policier jugea en effet que ce serait une excellente occasion de s'immerger dans les lieux privilégiés fréquentés par la gentry vichyssoise. Pour percevoir les réseaux ou les personnes qui pourraient en vouloir à la vocation thermale de la ville ou à la Compagnie de Vichy en particulier, quoi de meilleur que de s'adresser aux desservants du culte aqueux et, au premier chef, au médecin thermal en titre de ladite compagnie ?

« Très bien, dites que vous êtes l'invité du docteur Ducray et on vous laissera accéder sans payer » indiqua la secrétaire sans songer à l'insolence du propos adressé à un officier de police dont l'uniforme était un sésame suffisant pour ne pas devoir payer le prohibitif droit d'entrée exigé des non membres, visiteurs à la journée.

Sur son coursier à roues, Liousse traversa la ville en dix minutes, empruntant le pont sur l'Allier, pont tout du long décoré de drapeaux de pays étrangers ainsi que de l'oriflamme de Compagnie fermière, érigée Principauté indépendante comme Andorre, pour rejoindre l'entrée du Sporting club de Vichy qui occupait la rive gauche du plan d'eau. La piscine et les cours de tennis ouvraient sur le golf dix-huit trous qui jouxtait le champ de course en une longue suite d'arbres et de bosquets, empêchant la vue de ces lieux de luxe au 'touristicus vulgum pecus'. L'emprise de dizaines d'hectares était gérée par la Compagnie Fermière de Vichy.

Le vaste parking était clairsemé de petites voitures modestes et de quelques rares berlines de luxe : une BMW X5 neuve et une Jaguar déjà ancienne de type MkX envia Raphaël qui ratait son permis avec constance mais adorait les voitures de sport d'un amour frustré, tel un homme épris qui n'oserait pas aborder une jolie femme. La préposée à la guérite qui contrôlait la qualité de membres du club, refoulant les curieux par la simple vue du coût du droit d'octroi, lui demanda qui il désirait voir et, sur son indication qu'il avait rendez-vous avec le docteur Ducray, l'informa qu'il trouverait celui-ci probablement en terrasse, près de la piscine.

Le bâtiment accueillant les vestiaires, les bureaux et le restaurant trahissait le déclin de l'opulence ancienne par une peinture craie couperosée, des bosquets éthiques et des chemins en gravier envahis par les herbes folles. On apercevait le bassin de carreaux bleutés du bassin nautique de plein air où quelques rombières nageoteaient une brasse fatiguée dans une eau froide.

Liousse aperçut le docteur thermal assis à une table occupée par deux femmes et un bellâtre. Le médecin, assis de dos, ne l'ayant pas vu arriver, continua sa conversation tandis que ses commensaux se turent à la vue de l'uniforme. Le policier entendit les derniers mots du médicastre : « ... et au treizième trou, j'ai fait un birdie grâce à un drive de deux cent dix mètres !... « Fantaaastique !'' lui répondit une jolie femme blonde, habillée d'un polo bleu marine griffé aux armes du Sporting club de Vichy ; une jupe sable fendue découvrait ses longues jambes bronzées ; pianotant sur son iPhone, elle n'avait pas non plus vu arriver le policier.

Le silence de ses partenaires de golf fit se tourner Ducray dans la direction de leur regard. Il reconnut immédiatement le policier ; il attendit qu'il parle le premier pour qu'il soit en position de policier, non d'invité.

« Docteur Ducray, bonjour, je vous prie d'excuser mon intrusion, mais j'aurais aimé vous parler » formula d'une voix respectueuse Liousse.

« C'est au sujet de ces regrettables événements, j'imagine. »

Décidément, les vichyssois ont l'art de la litote, pensa Liousse. Ils avaient banni de leur vocabulaire les mots meurtres, assassinat, crime pour événement regrettable, circonstances tragiques et autres périphrases.

Ducray enchaîna de manière très mondaine : « ... mais permettez-moi de vous présenter. Le lieutenant Liousse du Commissariat de Vichy, Virginie Dupin, l'épouse du médecin urgentiste de la Véranda, Pascal Dupin, que vous connaissez, je crois, Sophie Ducray, mon épouse, Steve Stableford, le meilleur handicap du club, il joue square et même en dessous du handicap, capitaine de l'équipe du Sporting et mon partenaire de golf. »

La belle blonde quinquagénaire le salua d'un sourire sexy, l'épouse de Ducray d'un hochement de tête indifférent, le golfeur d'un regard curieux.

« Nous venions rechercher le calme loin de l'agitation de la rive droite de l'Allier, ah! ah! ah! » plaisanta-t-il. « Bon, je vous suis; allons dans le bureau de la direction, on y sera tranquille » poursuivant, s'adressant à ses amis : « Si je ne suis pas revenu pour déjeuner, vous mangez sans moi et vous me gardez une orange ! ».

Raphaël jugea cette jovialité hors de séant mais ces 'happy few' semblaient trouver snob de plaisanter de choses sérieuses.

Le médicastre se cala dans le fauteuil de cuir du directeur et laissa le policier faire une première annonce avec le calme d'un joueur de bridge. Ses lèvres souriaient encore de son bon mot mais son regard était devenu sérieux, en un instant.

« J'aurais souhaité que vous me parliez un peu de la Compagnie Fermière. »

« La Compagnie Fermière !? » se surprit Ducray. « Bon, puisque cela vous intéresse; que vous dire ? C'est une vieille dame, fondée par la volonté de Napoléon III qui a concédé à la Compagnie Fermière de Vichy l'exploitation des sources et des établissements thermaux. La famille Callou en est l'actionnaire principal. »

« Callou comme le curiste assassiné ? » interrompit le policier;

« ... oui, Callou comme Calou » répondit Ducray « c'est curieux; je ne savais pas que la victime s'appelait Callou; un descendant des fameux Callou de Vichy, ceux à qui Napoléon III a concédé l'exploitation des sources thermales, comme la source et les bains Callou ? Non, je n'y crois pas sinon il ne serait pas descendu comme un curiste anonyme prendre les eaux. Callou avec deux l ? »

« Non, un seul. »

« Ah ! Vous me rassurez. Ce n'est heureusement qu'une coïncidence. Donc, pour reprendre l'historique, la Compagnie Fermière de Vichy a changé d'actionnaire principal : les Callou, à l'origine, puis à partir de 1954, elle est devenue filiale des Brasseries et Glacières de l'Indochine puis, en 1968, fut achetée par Gustav Leven, le milliardaire propriétaire du groupe Perrier, avant d'être rachetée en 1992 par le Groupe Castel. Jérôme Phelipeau en est devenu actionnaire majoritaire en 2005. La concession actuelle court jusqu'en 2030.

Il faut que vous sachiez que la gestion du groupe Perrier a été très critiquée ici, à Vichy. On a reproché à Leven, de faire des économies sur tout, ce qui aurait dégradé l'attractivité de la ville. On dit qu'il a donné deux milliards à l'Etat d'Israël mais rien à Vichy ! Nous connaissons heureusement une période de renouveau avec la rénovation des Bains Callou, avec deux l, la construction des Thermes des Dômes, celle de l'hôtel Ibis, le forage de la source Antoine. Le nom Compagnie Fermière de Vichy a été changé en Compagnie de Vichy en 2009, année de ma prise de fonctions comme médecin thermal attaché à la société. »

Liousse nota la pointe d'antisémitisme avouée du médecin. Perrier était honni à Vichy qui avait fait de Leven le bouc émissaire de son déclin.

« Et le nombre de curistes a augmenté avec l'arrivée du groupe Castel puis de monsieur Phelipeau ? »

« Nous avons réussi à maintenir le chiffre à 24 000 par an alors que le déclin nous menaçait. »

Amusant ce 'nous' par lequel la Compagnie et ses cadres s'approprient le sort de la ville.

« Et qui pourrait vouloir nuire à la Compagnie de Vichy ? » demanda benoîtement le policier.

« En vouloir à la Compagnie de Vichy ? » répéta Ducray pour se donner le temps de préparer sa réponse

« Pourquoi en voudrait-on au principal employeur de la ville avec 220 employés ? »

Liousse comprit qu'il il ne tirerait rien de son interlocuteur sur cette évidence : c'était la Compagnie ou la ville ou le thermalisme tout entier que le criminel visait.

« L'empoisonnement de la source des Célestins et le dérèglement de la chaudière des douches suggèrent que le coupable est une familier des établissements de la Compagnie Fermière de Vichy. Ne pensez-vous pas qu'il faille chercher le coupable au sein de ses agents ? Une vengeance professionnelle suite à un licenciement par exemple. »

« Un ex-agent qui aurait voulu faire payer par deux crimes un différent avec son employeur ? C'est une hypothèse en effet mais vous devriez interroger notre DRH, Marie-Josée. »

« Elle a un nom de famille, cette Marie-Josée ? »

« Levy. »

Louisse nota le nom de la DRH, remercia le médecin golfeur. Sur le parking, il appela la DRH avec laquelle il convint d'un rendez-vous dès l'après midi.

Notes du carnet 'Hemingway' :

Vengeance d'un agent de la Compagnie Fermière de Vichy ?

Marie-Josée Levy, DRH

Marie-Josée Levy était une maigre femme dont le regard gris se perdait derrière des lunettes épaisses. Elle reçut le jeune policier sans émotion apparente.

« Vous souhaitiez me voir, Inspecteur ? »

« Lieutenant, si vous permettez. Je vous remercie de me recevoir aussi promptement; je souhaitais savoir si vous auriez connaissance d'agents dont la Compagnie Fermière de Vichy aurait été amenés à se séparer, dans la période récente, dans des conditions si conflictuelles que l'on puisse imaginer une volonté de vengeance de leur part à l'égard de leur ancien employeur ? »

La DRH leva un sourcil de surprise mais répondit calmement :

« Nous avons heureusement très peu de cas de licenciement pour faute ou insuffisance professionnelle. Un seul cas l'année dernière; nous avons engagé une procédure contre un agent qui cumulait les absences non justifiées et un état d'ébriété avéré à plusieurs reprises. Mais c'était un protégé du Maire et nous nous sommes contentés d'un avertissement. Le chômage est élevé ici à Vichy ; les agents font toute leur carrière au sein de la Compagnie Fermière de Vichy. Je préciser qu'il s'agissait d'un agent d'entretien des jardins, l'employé alcoolique. »

« ... et ? »

« ... et, le coupable, s'il faut le chercher au sein de la Compagnie Fermière de Vichy ne peut être un simple agent de base, ce me semble devoir être un cadre pour avoir eu accès à la connaissance du lieu de captage Célestins et à la chaufferie des Thermes. »

Liousse reconnut la pertinence de la remarque de la DRH qui, manifestement, avait réfléchi aux meurtres.

« Donc, pour vous, les cadres de la compagnie figurent parmi les principaux suspects ? »

« Oui, ainsi que les ennemis du Maire… »

« Les ennemis du Maire ? Pourquoi ? »

« Le Maire a bâti toute sa campagne municipale sur le bilan proclamé par lui désastreux du maire sortant, Maurice Schwob, mettant à son débit le déclin de la ville. Il lui fit reproche d'un manque d'initiatives pour attirer plus de curistes. Le décès criminel de deux curistes, à quelques mois de l'élection régionale qui constitue l'étape clé d'Oridot vers la députation, est un coup dur pour lui. Il n'est pas responsable bien sûr mais les commerçants et les professions libérales qui forment le socle électoral de la ville, vont lui faire payer ses rodomontades. Quant à la gauche et les cercles progressistes, ils sont déjà en campagne. »

« Les milieux progressistes ? »

« Les socialistes, quelques rares écolos, les francs-maçons, les enseignants. »

« Les Francs maçons sont une force électorale ici à Vichy ? »

« Le Grand Orient ne s'est pas caché de son soutien à Schwob. Une tenue blanche de la loge 'la Cosmopolite' a accueilli le grand rabbin de France, Gilles Bernheim, lors de sa venue à Vichy dimanche 25 avril 2010, à l'occasion de la journée des déportés. L'information, qui aurait du être confidentielle, a couru Vichy de par le bavardage de quelques invités. Cette visite, la première d'un grand rabbin de France depuis la Seconde Guerre mondiale, fut très symbolique. Gilles Bernheim s'est également recueilli plusieurs minutes devant une maison où sa belle-mère a été cachée, entre 1939 et 1945, avec quinze autres membres de sa famille. Cette demeure, située au 5, impasse Mombrun, était au cœur de la capitale du régime collaborationniste du maréchal Pétain. Malgré l'hommage rendu par le grand rabbin aux français qui ont permis à trois quart de la communauté juive de survivre au nazisme, cette visite a été critiquée par certains milieux d'extrême droite vichyssois qui y ont vu du prosélytisme sioniste ! »

« Au moins, elle ne cache pas ses convictions » pensa Raphaël.

« Vous n'imaginez pas que l'opposition 'progressiste' au maire actuel puisse avoir commis ces crimes pour le mettre en danger ? »

« Non; mais Oridot va instrumentaliser ces décès pour se poser en victime et il est même capable de chercher dans le judéo-maçon le coupable. Avec lui, tout est possible. »

La DRH était visiblement sorti de ses gonds; en confiance avec le jeune policier, elle compensait les frustrations de sa cohabitation forcée avec le peu 'progressiste' Edouard de la Musardière, pensa Liousse.

Le policier la remercia et, seul, ouvrit son carnet noir en se demandant ce qu'il devait noter :

Mobile des crimes : déstabiliser le maire actuel avant les régionales ??

Les Frères trois points

Raphaël Liousse appela l'antenne départementale de Moulins de la Direction Générale de la Sécurité Intérieure pour avoir communication de leur dossier sur Oridot ainsi que sur l'ancien maire Marcel Schwob et, tant qu'à faire, sur l'atelier 'Le Cosmpolite' du Grand orient à Vichy dans le cadre de son enquête. Il reçut les dossiers demandés dès le lendemain.

Le dossier sur Oridot était le plus documenté. La carrière d'avocat médiatique de l'élu y était retracée avec les références de ses passages récents à la télévision et émissions radio. Liousse lança sur son ordinateur quelques archives télévisuelles et écouta le méchu défenseur de criminels, choisis parmi ceux dont les crimes étaient suffisamment horribles pour passionner les lecteurs voyeurs du Nouveau Détective, pérorer, cambré, sous son bon profil. Les fiches des Renseignements Généraux détaillaient comment le nouvel élu avait dénoncé, lors d'une campagne électorale virulente, les marchés publics passés par la majorité précédente, annonçant un « coup de balai salutaire », pour redistribuer la manne municipale entre ses affidés dès son élection.

La carrière de l'ancien maire, le docteur Marcel Schwob, au sein d'associations humanitaires, était bien documentée. Liousse apprit que l'ancien maire était franc-maçon et que la rumeur en courrait Vichy sans qu'il prît la peine de confirmer ou démentir.

Un compte-rendu détaillé des tenues de l'atelier vichyssois du Grand Orient figuraient même au dossier. Un certain Jean Fouché, officier de la loge, et agent des RG, faisait un rapport circonstancié tous les jeudi matins de la tenue régulière de la veille. La tenue blanche organisée avec l'ex grand rabbin Bernheim était narrée dans le détail avec le nom de tous les Frères présents sur les colonnes, la liste nominative des initiés et la synthèse des échanges. Le maire Schwob figurait parmi les personnalités présentes à la tenue précisait la relation du policier infiltré.

Scrabble mortel

Le salon d'honneur du Casino de Vichy jouait salle comble ce samedi 22 août pour la finale du championnat de France de Scrabble. Des centaines de joueurs étaient rassemblés; boudinés fièrement dans des T-shirts logotypés d'un club local du jeu de lettres, certains accompagnés de 'coachs', les champion départementaux affichaient des visages conquérants; d'autres, les anonymes, longeaient silencieusement les couloirs de l'édifice napoléonien en pains de stucs rose layette et vert d'eau, la mine concentrée pour ce pèlerinage actuel des maniaques des petits carrés de plastique lettrés; quelques adolescents, plus rares, au visage limpide de boy-scouts, remontaient comme des vairons la foule de retraités cacochymes. Tous communiaient au dieu Scrabble.

Lucien Bingo était l'un de ces anonymes. Il pratiquait en amateur le Scrabble mais avec passion. Cruciverbiste chevronné, il adorait les combinaisons de mots imbriqués, compliquées comme de la dentelle du Puy. Chaque jour, il révisait une page du Larousse officiel du jeu de Scrabble.

Ce matin, les joueurs commentaient avec passion, autour du buffet de café et viennoiseries, la victoire, le 21 juillet, de Nigel Richards, le joueur nouveau-zélandais, sacré champion du monde du Scrabble en français alors qu'il ne parlait pas français ! Ce joueur aux airs de Raspoutine, avait mémorisé le dictionnaire officiel français de Scrabble en neuf semaines ! La stupéfiante victoire d'un non francophone, gagnant la finale face au gabonais Schélick Ilagou Rekawe au meilleur des trois manches (370-427, 484-376, 565-434) avec quelques coups exceptionnels, notamment, une contestation légitime du caractère transitif du mot furetées posé par son adversaire, embarrassait les participants au tournoi national. Certains s'émerveillaient, de la mémoire du joueur des antipodes, d'autres jugeaient la performance désastreuse car ouvrant la compétition à des ordinateurs qui gagneraient à coup sur; tout comme la défaite de Kasparov contre Deep blue en 1977 avait marqué une étape fatale, selon eux, en déshumanisant le jeu d'échecs.

Lucien Bingo ne prit pas part à la controverse, écoutant, en retrait, son café soluble et sa touillette en main, s'assurant, une fois encore, qu'il n'avait pas égaré son badge n° 467 de participant au tournoi.

Le tournoi s'engagea en duplicate individuel, au meilleur de sept manches : chaque joueur jouait la même distribution de lettres. Bingo, qui tournait à 320 points en moyenne, avait le raisonnable objectif d'atteindre les seizième de finale. Après, il irait rejoindre dans le salon Eugénie les spectateurs qui suivaient sur un écran géant les performances des finalistes.

L'adversaire de Bingo était une dame menue, à l'allure de professeur en retraite, qui le salua courtoisement avant la partie. Bingo prit du retard sur les premières distributions. Mettant sa contre-performance au débit de la chaleur qui régnait dans le salon, il demanda une pause pour aller se procurer un verre d'orangeade à la buvette. Il se rassit avec son verre et reprit le jeu. La nouvelle distribution lui sourit; il trouva un Scrabble, un mot de sept lettre : cadavre, quand son adversaire ne proposait qu'un mot de cinq lettres : évada. Bingo réalisait avec ce coup un score de 83 points qui le mettait à trente huit points d'avance. Bingo posa triomphalement son mot sur la case, avala son verre d'une lampée et s'écroula, foudroyé, sur la grille, son crane faisant sauter en l'air les petits carrés de plastique blancs marqués d'une lettre noire.

Les organisateurs appelèrent un médecin. Le docteur Dupin se présenta et ne put que constater le décès du joueur. Quelques instants plus tard, le docteur Ducray le rejoignit expliquant à son collègue qu'il venait juste d'arriver pour assister au match étant lui aussi passionné de Scrabble et lâchant à mi voix : « Nom de D…, c'est une série noire ! ».

Le lieutenant Liousse, prévenu par les pompiers qui avaient pris dorénavant le parti de prévenir la police à chaque décès suspect, parcourut en danseuse le demi-kilomètre séparant la rue Victoria du Casino de Vichy et arriva en cinq minutes chrono, brûlant les feux du carrefour des Quatre chemins.

Sur le récit fait par la partenaire sous le choc, il saisit avec le stylo du mort le verre d'orangeade qu'il mit dans un sac plastique pour envoi au laboratoire.

« Poison, en six lettres » murmura le policier en aparté.

Il demanda un examen toxicologique en urgence. Des traces de cyanure furent retrouvées dans le verre, selon les résultats connus dés la fin de journée.

Liousse nota dans son carnet noir :

Cyanure ! Coupable médecin ? Dr Dupin et Ducray, présents tous deux sur les lieux de crime = suspect ?

Maurice Moabon, Vénérable Maître

Raphaël Liousse relut attentivement les comptes-rendus des dernières tenues de la loge bleue établis par les RG. Les Frères s'émouvaient des initiatives ségrégationnistes du maire Oridot qui, au prétexte d'une laïcité intransigeante, avait supprime les repas halal à la crèche municipale et fait interdire l'usage toléré par le maire sortant d'un gymnase municipal pour la prière musulmane du vendredi. De nouvelles voitures avaient été achetées pour la police municipale ainsi qu'une dotation de Tasers. Le quadrillage de la ville par des caméras de vidéosurveillance avait été voté au grand dam des conseillers municipaux d'opposition. La direction de la communication de la ville avait été confiée a une blonde au sang bleu, au physique anorexique, catholique intégriste qui avait enrichi le site internet de la ville d'une page sur 'Vichy, capitale de l'Etat français', dont le contenu offrait une vision révisionniste du gouvernement de collaboration, évoquant ainsi le large soutien de la hiérarchie catholique. La formule du cardinal Gerlier, le 18 novembre 1940 à Lyon : « Pétain, c'est la France et la France, aujourd'hui, c'est Pétain » y figurait notamment en bonne place, sans aucun caveat.

La lutte entre l'organisation humaniste maçonnique et l'élu provocateur était déclarée, lut Liousse, mais de là à faire porter aux « Frères la gratouille », comme les désignait François Mitterrand, moquant leurs poignées de main de reconnaissance, une quelconque responsabilité dans les évènements tragiques de la citée bourbonnaise, il y avait un pas ; pas franchi effrontément par le Maire frontiste.

Liousse avait noté des comptes-rendus le nom du Vénérable en chaire de l'atelier : un certain Augustin Moabon, ancien proviseur. Il trouva sans difficulté son numéro de téléphone, il habitait à Bellerive-sur-Allier.

Sans sembler excessivement surpris de l'appel, le retraité de l'éducation nationale lui proposa aimablement de venir prendre le café.

Le vélocipédiste policier traversa le pont de Bellerive à la surprise des automobilistes dont certains pilèrent, se croyant contrôlés, escalada la côte conduisant à l'église et découvrit la petite maison en pierres meulières de Moabon. L'homme qui devait le guetter derrière sa croisée, ouvrit la porte et lui fit signe.

« Garez votre vélo dans le jardin, lança-t-il, au vu du mode de locomotion du policier. »

Liousse remercia et monta la volée de marches du perron. Antonin Moabon arborait une barbe en éventail, un décor pileux inusité depuis le congrès d'Epinay du parti socialiste en 1971. D'un aimable embonpoint, de taille moyenne, un sourire bonhomme, le retraité ressemblait au nain Joyeux, se reprocha de penser Liousse, en lui serrant la main.

Installé devant une tasse de café dans le salon - salle à manger du retraité, le policier le remercia de son accueil.

« Bon, que me vaut la surprise de votre visite ? »

« J'enquête sur les décès suspects intervenus récemment »

« ... Et en quoi cela me concerne-t-il ? »

« Pas vous, mais l'atelier du Grand Orient que vous dirigez »

« Vous soupçonnez un membre de notre association ? »

« Non; mais j'aurais aimé que vous m'éclairiez sur vos relations avec la municipalité actuelle »

« Je ne vois pas ce que vous pourriez ne pas savoir déjà des relations faites par ce bon Jean Fouché »

Liousse tenta de mimer la surprise.

« Allons, Lieutenant; nous sommes une organisation discrète mais nous savons très bien que tout atelier du GO digne de son nom se doit de compter au matricule un inspecteur des RG, de la Dgsi, devrais je dire maintenant. Comme disait de nous le général de Gaulle, nous sommes une organisation pas assez puissante pour être crainte mais suffisamment influente pour être surveillée. »

« Bon, et pour ce qu'il en est de vos relations avec Jacques Oridot ? » relança Liousse.

« Le maire véhicule des thèses xénophobes antinomiques de nos valeurs humanistes; il pousse à la confrontation sociale et religieuse quand nous prônons l'harmonie par le respect des différences. La Franc-maçonnerie a été pourchassée par le national-socialisme, des maçons déportés, nos temples saccagés comme les synagogues. Vous comprendrez que nous ne puissions que nous opposer, pacifiquement, par les arguments de la raison, à un fantoche dangereux pour la République comme le maire actuel. Il nous ferait presque regretter de ne pas avoir soutenu la candidature de Gilbert Collard que l'on ne peut, lui, taxer d'antisémitisme ou d'antimaçonnisme. Pourtant les doctrines du Front national sont incompatibles avec les valeurs maçonniques malgré les tentatives d'entrisme de certains mauvais frères. »

Le Vénérable avait débité sa philippique d'une voix, d'abord calme, puis frémissante d'indignation maîtrisée.

« Mais d'Oridot, on peut tout craindre. De propos outranciers à nous accuser d'avoir mis la main à ces crimes, il n y a que l'espace d'une indigne cabale. »

Liousse ne se surprit pas de retrouver presque le verbatim de sa conversation privée avec l'élu dans la bouche du maçon tant Vichy lui apparaissait, au fil de son enquête, un huis clos où les rumeurs circulaient sourdement et ressurgissaient brûlantes comme les eaux thermales. Confier un ragot à quelque vichyssois des cercles d'influence, c'était comme lancer un caillou dans l'eau qui générait des ondes toujours plus larges pour venir rebondir contre les rives de l'opinion opposée qui relançait une contre rumeur, en une polémique sans fin, alimentée de son propre mouvement.

L'officier de police se reprochant d'avoir contribué, maladroitement, à ce jeu d'échos, écourta la conversation en prétextant un engagement.

Le cordial proviseur honoraire le remercia surprenamment de sa visite en le raccompagnant jusqu' a son vélo.

« Au fait, plutôt que de rechercher des suspects dans nos rangs sur les dires de Oridot, vous devriez regarder du côté de ceux qui pourraient profiter d'une déconfiture de la Compagnie fermière.... »

« ?? » interrogea du regard Liousse.

« ... La concession actuelle de la Compagnie court jusqu'en 2030 mais le vrai pactole, ce ne sont pas les établissements thermaux, poussifs, c'est la marque Vichy Célestins, mondialement connue. On ruine l'actuel fermier, on récupère la marque en se payant sur la bête ; en clair on brade le patrimoine foncier, on laisse dépérir les établissements de cure et on continue à pomper l'eau, elle très rentable. On fait de Vichy une ville musée, une vaste maison de retraite, un Nice bourbonnais et on a trente ans de gestion droitiste reconduite par des campagnes électorales financées par quelques promoteurs. »

« Donc, pour vous la crise d'image thermale de la ville n'est pas un tel risque pour le maire actuel ? »

'Ne vous fiez pas à ses cris d'orfraie. C'est un politique doublé d'un avocat. Plus il enfle sa plaidoirie, plus vous devriez enquêter sur les accointances du maire avec les barons du béton et des parcs de loisir.... »

« ... Des parcs de loisir ? »

« Ne me dites pas que vous n'êtes pas informé d'un projet de Sunyparks financé par le partenaire chinois, le groupe Wei : golf, casino, concours hippique pour millionnaires chinois. Les riches chinois adorent les bains de boue, parait-il ... Quand au fermier actuel, à y réfléchir, il pourrait ne pas être si désespéré de se voir débarrassé du boulet financier des établissements surdimensionnés, s'il garde l'eau des Célestins... Bonne enquête ! » blagua en une ultime pirouette le prolixe pédagogue.

Liousse s'arrêta au premier feu, sortit son carnet Hemingway et nota :

Oridot, double jeu, projet Sunyparks, groupe Wei ?

Sunyparks

Raphaël ferma son carnet; un coup de klaxon le sortit de ses réflexions; il avisa alors une automobiliste perplexe qui, arrêtée à son niveau, devant le feu passé au vert, attendait qu'il démarrât, craignant d'enfreindre une imaginaire consigne du policier. Une voiture arrivée dans la file formée par le prudent automobiliste, ne voyant pas l'uniforme, cornait son impatience.

Le policier, un peu confus, repartit à grands coups de pédale, suivie de l'obéissante automobiliste.

De retour au Commissariat de l'avenue Victoria, Liousse croisa Mélissa qui lui lança goguenarde :

« Encore en goguette, mon Lieutenant ? »

« Oui… Non… enfin, pouvez vous m'appeler le journaliste de La Montagne, s'il vous plaît ? J'ai oublié son nom. »

« Sancy ? »

« Oui, c'est cela, Sancy. »

« Que ne ferais-je pour vous… » susurra l'accorte créole.

Liousse fuit les regards enamourés de la belle café au lait dans son bureau et relut ses notes de son dernier entretien avec le journaliste.

« Lieutenant, je désespérais que vous ne m'appeliez depuis notre décevant récent échange téléphonique » lança de manière ampoulée le journaleux.

« Oui, et bien, j'ai un scoop pour vous si vous ne citez pas vos sources… »

« Cela va de soi, Lieutenant. »

« Et bien nous avons un nouveau mort suspect. Un participant au tournoi de Scrabble est mort hier d'un empoisonnement en pleine compétition, à la table de jeu, après avoir avalé un verre d'orangeade au cyanure. »

« C'est comme le joueur distrait des caractères de La Bruyère qui avalait ses dés en lançant son verre sur la table de tric-trac. »

« Comme le joueur de tric-trac !? »

« Juste une référence littéraire; excusez moi, je vous ai interrompu. Donc le tueur en série a, à nouveau, frappé. Il n'aime ni les curistes ni ceux qui taquinent les carrés lettrés. »

« Oui, quelqu'un, ou une organisation, en veut décidément à Vichy. Je voudrais que vous me briefiez sur la vie économique de la ville. »

« La dernière usine, celle de la Manurhin, a fermé il y a déjà plus de trente ans… un tourisme thermal qui décline inexorablement… une économie locale atone qui tient par le pouvoir d'achat médiocre de retraités, de petits commerçants et de fonctionnaires… que vous dire de plus que je vous ne sachiez déjà ? »

« Parlez-moi des projets de Sunyparks à Vichy. »

« Oh, ce serpent de mer. Une simple rumeur selon moi. Un beau cas de phantasme vichyssois. Toujours le rêve de grandeurs nouvelles. Vichy c'est le Lido de Mort à Venise, une reine déchue qui veut remonter sur le trône. J'indente, j'incise, je digresse, je sais; je reviens à votre question. Oui, Vichy a, sur le papier, le potentiel pour faire un très beau Sunyparks pour chinois fortunés. Un aéroport qu'on peut réactiver, un patrimoine sportif exceptionnel, une marque mondialement connue. Quelques maires visionnaires ont eu l'ambition de faire de Vichy une destination de tourisme jet set : Pierre Coulon dans les années 50, Oridot aujourd'hui. »

« Oridot ? Je le voyais plutôt défendre un projet de Nice sur Allier pour retraités peureux. »

« Oui, ça c'est pour être élu mais le bonhomme est ambitieux. Il se voit un destin parlementaire, voire ministériel. Il lui faut une assise électorale pépère mais il violentera, si c'est son intérêt, les timidités de ses électeurs en apportant sur un plateau la ville à un groupe comme Sunyparks si cela lui assure une trajectoire nationale. Media et fric sont les deux mamelles des carrières politiques; Oridot le sait. Le concept village club thermal est bon comme en témoigne le Club Med d' Evian qui ne marche pas trop mal, autant que je sache, mais est tourné sur une clientèle française. L'idée serait de créer une destination pour les milliers de nouveaux riches chinois. Un traitement VIP pour le nouvel colonisateur économique ! Vichy s'est goinfré au temps heureux du Tonkin, de l'Annam et de l'Algérie française. Ce ne serait que le retour au modèle de développement antérieur, le mandarin en plus. »

« Cela pèse combien un projet comme un Sunyparks vichyssois ? »

« Le nouveau village que le Club Med vient d'inaugurer à Guilin en Chine a représenté, dit-on, un investissement de plusieurs dizaines de millions d'euros. Le groupe Wei qui a pris le contrôle du Sunyparks après une bataille à coups de centaines de millions avec Bonomi est un des principaux conglomérats chinois de loisir. Les chinois sont prudents mais quand ils ont pris une décision, ils mettent le paquet, le paquet de yuans. Le projet du groupe Sunyparks après son rachat par le conglomérat chinois Wei n'est pas, au fond, si irréaliste. »

« Certes, mais la ville est sous la coupe de la Compagnie fermière jusqu'en 2030. Cela ne laisse pas d'espace pour un nouvel entrant. »

« Sauf si vous adoptez la stratégie du coucou ; vous expulsez le fermier général actuel en le ruinant puis vous faites un raid hostile, un blitz sur une ville affaiblie par une campagne de presse. »

« Ne croyez-vous pas que l'image gravement fragilisée par la crise actuelle ne dévalorise le capital touristique de la ville ? »

« Auprès du curiste français, oui, pas du nouveau riche chinois. Vous n'avez déjà aucune reprise dans la presse nationale de notre assassin en série local, alors, vue du l'empire du milieu, l'image de Vichy ce sont les bouteilles de Vichy Célestins, les produits de beauté; Vichy, pour un chinois est glamour et restera glamour, les quelques morts enterrés seront vite oubliés. »

« Vous êtes bien cynique. »

« Non, objectif. Que pèsent trois anonymes retraités face aux dizaines de millions d'euros que peuvent rapporter un Vichy sinisé ? »

« Et croyez-vous que le pouvoir actuel soutiendrait un projet qui viendrait au bilan d'un maire ex frontiste ? »

« Les majorités passent, le pognon reste. Et la France socialiste pourrait même dérouler le tapis rouge tant la Chine est une priorité en termes d'attractivité nationale »

Liousse remercia le journaliste qui se précipita chez son rédacteur en chef pour lui annoncer le scoop en lui demandant de réserver une colonne en première page de l'édition du lendemain.

« Quelle accroche ? » demanda le rédacteur en chef.

« 'Du rififi à Vichy' annonça le journaliste à son chef, cent mots en environ. »

« Pourquoi pas 'Peur sur la ville' comme le film de Verneuil ? »

« Vendu » répondit Maurice Sancy qui se mit aussitôt à rédiger son papier.

Le numéro du lendemain du journal régional La Montagne suggérant un lien hypothétique entre la succession de trois crimes en quelques semaine et un projet de club de loisir tourné vers la clientèle chinoise fit polémique, c'était l'objectif visé ;le scoop fut repris sans contre-enquête par BiZ TV sous la rubrique investissement chinois, provoquant une mise au point de

Sunyparks, bien que, prudemment, ménagé par Sancy dans son article qui présentait le projet comme un serpent de mer non crédible pour mieux l'exposer en détail tout en se protégeant des foudres juridiques du puissant groupe de loisirs. Fr3 Auvergne passa une minute dix de reportage montrant les trois lieux des décès criminels avec le fac-similé du titre de l'article 'Peur sur la ville' en insistant sur le caractère hypothétique des informations sur le projet de 'Sunyparks chinois à Vichy'.

Peur sur la ville

Les vichyssois avaient peur.

L'article de La Montagne fut lu et relu par les retraités, commenté chez le coiffeur, au supermarché, sur les chaises de fer des parcs, à la sortie de la messe, lors des déjeuners dominicaux. Les vieux vichyssois croyaient revivre les heures du couvre feu imposé par l'occupant après l'occupation de zone libre, évoquaient le docteur Petiot; les mères de famille craignaient un nouveau Jack l'éventreur; les jeunes rigolaient, se la jouant Scream. Le maire en son palais de biscuits tempêtait. La directrice de la communication de la ville alluma, en l'église Jeanne d'Arc, un cierge à Sainte Rita, la sainte des causes perdues. La Compagnie fermière forma une 'cellule de gestion de crise' sur le conseil d'une ancienne star du petit écran qui factura grassement des recommandations aussi inventives que : ' compassion pour les victimes, patate chaude passée à la police et au maire, confiance des milliers de curistes dans le sérieux de la Compagnie, engagement de vigiles moulés dans des T-shirts noirs faisant le poireau dans le hall des établissements thermaux et sources pour rassurer les pékins.

Rien n'y faisait. Des centaines de curistes annulaient leur cure, programmée depuis un an, acceptant de perdre leurs arrhes plutôt que de venir enrichir la liste des victimes. Les commerçants, paniqués par la saison ruinée, critiquaient le maire pour son inertie. L'opposition municipale rappelait perfidement l'opération tapis rouge faite à une délégation chinoise par le maire qui aurait payé, selon une rumeur, cinquante mille euros un cabinet pour rabattre une délégation conduite par un cadre du Fonds souverain d'investissement chinois China Investment Corporation. Le maire hurlait dans son bureau, houspillant sa directrice de la communication qui se tordait les mains réclamant en vain un droit de réponse à direction de La Montagne qui, sentencieusement, lui répondait : « Droit de réponse à quoi ? Vous n'êtes pas cité dans l'article'.

De fait, le maire était l'Arlésienne de l'article de Sancy. Présent partout par allusions, mais jamais cité, deus ex machina non désigné, coupable idéal par ses déclarations bravaches, le Tartarin auvergnat faisait l'unanimité contre lui. Honni autant que l'avait été Gustav Leven par des vichyssois, prompts à désigner ce nouveau bouc émissaire à leurs manque de dynamisme, Oridot souffrait, et cela n'émouvait personne. Jean Marie Le Pen annula, l'avant-veille, son meeting vichyssois prévue le 26 août. Il n'avait jamais réellement envisagé de venir, à vrai dire. La section locale micro parti formé de dissidents du Front national dut payer d'importants frais de désistement au traiteur local pour les petits fours commandés qui creusa un abysse dans la caisse.

Après leur tenue régulière, lors des agapes, les Frères de la Loge 'La Cosmopolite' se gaussèrent du trublion frontiste victime de sa boulimie médiatique. Lors du tour de table, les galéjades circulèrent joyeusement : 'la roche tarpéienne est proche du Capitole', 'qui sème le vent, récolte la tempête', 'mieux vaut une mauvaise presse que pas de presse du tout, il est servi Oridot, 'l'arroseur arrosé', 'Oridot, tu as voulu la une dans les journaux, tu l'as ! ».

Liousse ne répondait plus aux appels du cabinet du maire. Il avait soufflé cet article au journaliste pour faire sortir du bois le ou les criminels comme on met une torche enflammée dans son terrier pour en faire sortir le renard. Si la piste affairiste était la bonne, cette couverture médiatique, et le contrôle renforcé des lieux fréquentés par les curistes, contraindrait le tueur à la prudence, arrêtant ou limitant l'hécatombe de retraités innocents; si ce n'était pas la bonne piste, il faudrait imaginer d'autres mobiles à cette série de morts.

Nous étions le 27 août, Liousse soufflait. Les feuilles de platane des vastes parcs jaunissaient; les golfs miniature des bords d'Allier étaient désertés; la saison déclinait quelques semaines trop tôt devant le reflux de curistes fuyant la ville. Liousse se croyait tranquille jusqu'au retour du Commissaire Alphonse Sornin prévu le mardi 1er septembre.

Il se trompait.

Fatale Eucharistie

Ce dimanche 29 août, les travées de l'église Sainte-Blaise étaient peuplées de quelques dizaines de fidèles auxquels s'était mêlé un groupe de touristes japonais qui suivaient, silencieusement, le culte exotique. La nef de ciment gris s'irisait des lumières des vitraux de style Art déco. Le desservant avait prononcé son homélie commentant la lecture de l'évangile selon Saint Marc narrant la décollation de Saint Jean Baptiste par le roi Hérode à la demande d'Hérodiade. Le récit biblique fit trembler quelques vieilles bigotes à l'évocation de l'empoisonné du Casino. Les ouailles prononcèrent le credo et entonnèrent la prière universelle.

Un diacre, marchant à pas menus, présenta au prêtre les instruments de l'Eucharistie : les burettes d'eau et de vin, le manuterge pour l'essuiement des mains après le lavabo, le calice et sa patène, le ciboire contenant les hosties et la coupe pour recevoir les hosties de la communion.

Aimé Dieuleveut, tout juste sorti de son aquagym au Thermes des Dômes, assistait à la messe dominicale. Le temps de sa cure thermale, il aimait être en société et les murmures chantés lui rappelaient un lointain passé d'enfant de chœur. Le service religieux faisait partie des menus plaisirs gratuits et innocents de sa cure à Vichy, comme celui de musarder dans les parcs, de regarder passer les dames curistes, assis sur une chaise en fer verte à l'ombre des marronniers du parc des Célestins, ou encore de contempler les rares skinautiqueurs sur le plan d'eau. L'anamnèse expédiée, la seconde épiclèse appelée, les fidèles prononcèrent la prière d'intercession et puis le Notre Père. Le vieux curé ne cédait pas à la pratique moderne consistant à abréger la séquence rituélique en laissant les paroissiens prononcer d'un seul jet le Notre Père. Il tenait à dire seul l'embolisme avant l'amen collectif. Elevant l'hostie consacrée, il reçut la confession unanime à haute voix des croyants ne se reconnaissant pas dignes de LE recevoir.

Les participants se présentèrent ensuite, les épaules baissées et les mains nouées sur leur giron, marchant à petits pas contrits vers l'autel, pour communier. Aimé Dieuleveut reçut dans ses deux mains formées en coupelle l'hostie qu'il mit, après une rapide génuflexion, sur sa langue. Il goûta la saveur farineuse de l'oubli; une sapidité amère surprit une fraction de seconde son palais; il s'écroula sur les pieds horrifiés du prêtre.

La file de fidèles attendant pour communier se dispersa à grand bruit devant la mort sacrilège. Le vieux curé saisit son aube d'une main, comme une femme craignant de salir le bas de sa robe, manquant de laisser tomber la coupelle emplie de pain des anges. Le scandale était complet. Un homme se précipita en avant en criant :

« Laissez moi passer, je suis médecin. »

C'était le docteur Dupin.

Le lieutenant Liousse arriva sur les lieux rapidement, en baskets et short; alerté pendant son jogging dans les parcs d'Allier par l'agent de permanence, il n'avait eu qu'à remonter les quelques rues du 'vieux Vichy' pour rejoindre l'église outragée.

« Il est mort. Empoisonnement, je pense. » annonça le médecin reconnu immédiatement par le policier.

Liousse demanda, par méthode mais sans illusion, car le meurtrier n'aurait pas commis l'erreur de rester, son forfait accompli, à un agent de relever l'identité de chaque personne présente.

Le prêtre, encore sous le choc de ce sacrilège, prostré sur une chaise dans la sacristie, recevait les réconforts du docteur Dupin, qui faisait fonction de diacre, apprit l'officier de police.

Le jeune policier nota sur le vif, si l'on peut s'exprimer ainsi :

Quatrième victime anonyme / Dr Dupin encore présent sur les lieux du crime + diacre = accès à la sacristie !? / Empoisonnement encore au cyanure ?

Sans surprise, l'examen toxicologique et l'autopsie d'Aimé Dieuleveut confirmèrent le décès par ingestion d'une hostie imprégnée de cyanure.

Le médecin urgentiste de la clinique La Véranda figurait dorénavant parmi les suspects principaux. Liousse avait appris en école de police que des criminels particulièrement tordus ou intelligents aimaient narguer la police en posant au sauveteur.

Mais pour quel motif, un anesthésiste aussi unanimement respecté que le docteur Dupin, pouvait vouloir assassiner des innocents tirés au hasard ?

Salmo salar

Le commissaire de police Alphonse Sornin était un homme épanoui, à la tête d'un commissariat dans son Auvergne natale, heureux en ménage, fonctionnaire bien noté, parfaitement heureux donc jusqu'à ce que la pêche au saumon soit totalement interdite dans l'Allier. Finie l'époque heureuse où il se postait chaque week-end au dessus de l'escalier à saumon établi devant le pont barrage fermant le plan d'eau de Vichy pour permettre au poisson migrateur venu de l'Atlantique de remonter jusqu'à ses frayères en amont de l'Allier. L'espèce Salmo salar était maintenant strictement protégée dans l'Allier. Quelques centaines de spécimens étaient observés avec nostalgie par les passionnés de pêche sportive. Le saumon avait pratiquement disparu des fleuves français à la fin du siècle dernier. Au début du

XXème siècle, le saumon était si abondant que les employés municipaux des grandes villes avaient obtenu une clause dans leurs contrats de travail excluant qu'il leur soit servi du saumon plus de trois fois par semaine.

Sornin lançait dorénavant au printemps ses cuillères dans les gaves morbihannaises, sur la rivière Elorn et sur le gave d'Oloron notamment, breton le temps de la saison de pêche, lui qui pratiquait les danses auvergnates l'hiver affirmant que la bourrée était sa gymnastique, « plus efficace et authentique que leurs Zumbas » affirmait-il avec aplomb malgré les moqueries de sa mastiquante ado de fille affligée d'un piercing dans le nez (« comme une vache charolaise » selon le père) et d'ongles fluo violet '« comme une p… » toujours selon le même géniteur mais mezza voce).

Le commissaire avait cassé sa tirelire cette année 2015 en s'offrant une virée de pèche au saumon au Québec. Les pieds dans sa grenouillère, tout son être tendu sur le lancer de la mouche au dessus des trous d'eau, il avait éteint son portable. De toute façon, le réseau ne portait pas au creux du lit de la rivière Matane en Gaspésie; ce n'est donc qu'à son retour à l'aéroport de la belle province qu'il écouta les multiples messages de Liousse qui l'informaient des tragiques événements vichyssois. Il suivit a posteriori les épisodes des crimes successifs comme ceux d'un mauvais téléfilm, percevant à distance l'impuissance du jeune policier, balloté par les énervements de Oridot, pris dans la nasse des secrètes haines bourbonnaises, pédalant inutilement , comme un écureuil dans sa roue, d'un lieu de crime à l'autre. Le commissaire avait rangé ses cannes et pensait passer de bons moments le temps du vol retour à choisir les photos de ses plus belles prises qu'il publierait sur le site ' Les Amis du saumon de l'Allier ' pour faire l'envie de ses copains ; contrarié, il se contraignit à appeler Liousse ce lundi 31 août de la salle d'embarquement à 20:00, heure locale.

Inconscient du décalage horaire, il réveilla le jeune policier en plein coltard.

« Liousse ? Ici, Sornin. C'est quoi ce bordel ? »

Liousse énervé d'être ainsi réveillé par la mauvaise humeur de son chef, répondit d'une voix lasse :

«   J'appellerais plutôt cela une hécatombe, commissaire. »

« Si vous préférez des mots compliqués,... mais où en êtes vous de l'enquête ? »

« Nulle part; des pistes; des soupçons, rien de solide » reconnut sans ambages le jeune enquêteur.

« Merci de me faire une synthèse ! »

« Bon. Nous avons force mobiles; au choix, vengeance d'un employé de la Compagnie fermière qui pointe sur au moins cinq ex agents, volonté de déstabilisation du maire qui pointe sur tous les juifs franc maçons et/ou socialistes de Vichy dont le nombre est inconnu, raid hostile des chinois pour installer un Sunyparks qui pointe sur tous les chinois étudiants au Cavilam soit une quinzaine, mais aussi sur le Maire… »

« Vous vous foutez de moi, Liousse, avec votre inventaire à la Prévert ! Le maire, pourquoi pas le sous-préfet aussi, tant que vous y êtes ! » interrompit furieux Sornin.

« Le sous-préfet, vous croyez ? Mais pour quel motif ? » répondit insolemment le jeune lieutenant.

« Je constate que dès que je pars pour des vacances, durement méritées, c'est le boxon. On assassine à chaque coin de rue. C'est Chicago sur Allier ! Ne touchez à rien, je reviens par l'avion cette nuit. Je serai au commissariat mardi 1er septembre dans l'après midi. D'ici là, mettez un peu d'ordre dans votre dossier d'enquête et surtout, surtout, évitez de mêler ce grand connard de Oridot à ce sac d'embrouilles, on serait vraiment dans la m… ! »

Liousse ménagea son patron en passant sous silence que le maire était l'objet d'un lynchage médiatique.

« OK, chef. Bon retour. Au fait, la pèche a été bonne ? »

« Dix saumons dont trois de plus de trente livres! » annonça triomphalement le taquineur de salminodés.

« ... au fait, vous avez cherché la femme ? »

« ... la femme ? Quelle femme ? » demanda Liousse interloqué.

« ... 87 % des crimes sont commis par un homme dont 78 % pour des histoires de fesses donc 91 % des femmes sont la cause, ou l'arme, des crimes. On ne vous apprend donc plus rien en école de police ? »

« Oui, non, enfin, pourquoi une femme, ou un cocu, si je suis bien votre pensée commissaire ? »

« Ecoutez Liousse, le tennis, le golf, le bridge sont les trois activités principales de la gentry vichyssoises avec l'adultère qui se pratique avant, pendant ou après une partie de tennis, de golf ou de bridge. Votre criminel est manifestement un Bac + 5 vu le caractère tordu des crimes, au moins donc cela devrait orienter vos recherches sur les bourgeois pas sur les employés de la Compagnie fermière ni sur d'hypothétiques chinois. »

« Justement, j'ai oublié de vous dire que le docteur Dupin, l'anesthésiste de La Véranda était sur deux scènes de crimes et que trois meurtres ont été commis avec du cyanure ! » s'enthousiasma Liousse.

« Dupin ? Il n'a pas le profil. Bon médecin, bon citoyen, bon mari, bon paroissien. Vote à droite. Je lui donnerai le bon Dieu sans confessions. Enfin, creusez cette piste. Le cul, Liousse, le cul dirige le monde ! C'est comme ça. » conclut le commissaire Sornin, sentencieux, en raccrochant à l'annonce de son vol.

Liousse consulta l'heure sur son téléphone. Deux heures dix. Il n'avait plus sommeil; les pensées agitées par les aphorismes cyniques de Sornin faisaient la ronde dans sa tête.

Cherchez la femme ? Quelle femme ? Toutes ces femmes de médecins le regardaient de haut telles des Mrs Robinson, la Messaline du film Le Lauréat. Liousse était intimidé à l'idée de devoir explorer les secrets d'alcôve vichyssois.

Délaissant donc le mobile passionnel, Liousse décida de se focaliser sur la spéculation immobilière. Mains basses sur la ville, comme le film de Francesco Rosi, pensa l'impénitent cinéphile. Le commissaire trierait le linge sale des cinq à sept bourbonnais à son retour.

Le lendemain, mardi 1er septembre, c'est un commissaire bronzé par le soleil acadien qui franchit les portes du commissariat.

« Bonjour chef ! Super bronzage ! Vous avez laissé un peu de poiscaille aux pauvres canadiens ? » blaguèrent les gardiens de la paix.

« Un peu » répondit le Tartarin vichyssois.

Montant dans son bureau, il demanda à Raphaël de l'y rejoindre. Sur son bureau l'attendait un courrier à l'en tête de la Direction de la police judiciaire - Ministère de l'intérieur portant la mention 'personnel' que Liousse ne s'était donc pas autorisé à ouvrir pendant son intérim. Sornin chaussa ses lunettes et lut avec respect la prose de la centrale. Il lâcha un 'Nom de D...' en découvrant la nouvelle de sa promotion au grade de Commissaire divisionnaire de police avec mutation immédiate à la tête du commissariat de Clermont-Ferrand.

A son adjoint surpris, il lâcha :

« Et bien mon pauvre Liousse, je crains qu'il ne vous faille gérer cette enquête seul le temps que mon successeur arrive. Je suis nommé à Clermont-Ferrand. »

Le lieutenant sentit son siège s'affaisser sous lui à l'idée de devoir affronter seul les miasmes vichyssois seul.

« Mais comme je vois bien que cette enquête est remplie de chausse-trappes, je pense qu'il vaut mieux qu'on la place sous le contrôle du Procureur de Moulins. Il s'appelle Emmanuel Fouquier; c'est une couille molle, un arriviste, mais mieux vaut avoir le Parquet avec nous dès maintenant. Je l'appelle. »

Raphaël ne se sentit pas rassuré par ce viatique imposé par le commissaire pêcheur.

Cavilam

Le commissaire Sornin occupé à faire ses paquets, Liousse rédigea son 'plan de bataille' pour la poursuite de ses investigations en hiérarchisant les pistes :

1 Piste chinoise / Oridot

2 Dr Dupin

3 Cherchez la femme ?

Des chinois, il y en avait peu à Vichy sauf au Cavilam, l'établissement d'enseignement de français aux étudiants étrangers qui était l'un des fleurons de la ville.

L'établissement construit dans les années 90 jouxtait l'ancien établissement de bains de troisième classe, face à l'ancienne source Lardy, à une jetée de pierre de la source Vichy-Célestins.

« Décidément à Vichy, on se cogne toujours contre les mêmes » pensa l'officier de police en reconnaissant le 4x4 BMW, aperçu quelques jours auparavant sur la parking du Sporting Club, garé dans l'allée privée conduisant à l'atrium de verre et d'acier d'un édifice de briques blanches et roses du Cavilam.

Raphaël Liousse avait pris rendez-vous par téléphone avec la directrice. Il rangea son vélo de service avec les VTT des étudiants et se mêla aux jeunes qui formaient un attroupement Benetton sympathique; des africains volubiles apostrophaient des petites asiatiques minaudantes, des sud-américains à poncho lançaient des regards macho aux allemandes nombrilisées, quelques jeunes femmes voilées d'un hijab clair bavardaient gaiement avec des jeunes hommes aux cheveux longs.

« ONU sur Allier » pensa Liousse se remémorant la scène du film d'Hitchcock, La mort aux trousses, filmée au siège new-yorkais.

Il souriait à ce souvenir du film d'espionnage sur fon de guerre froide quand il fut rejoint par une dame affairée qui lui serra la main virilement :

« Bonjour, lieutenant, je vous attendais. Venez, on sera mieux dans mon bureau. »

Hélène Jenzat précéda d'un pas de tirailleur l'officier, fendant la foule des étudiants, sans dévier sa course, indifférente aux jeunes gens qui s'écartaient à son passage comme un banc de poissons devant un requin.

Installée dans son fauteuil de direction, l'impérieuse directrice dominait d'une dizaine de centimètres le siège de Liousse qui se souvint tout d'abord d'une convocation ancienne chez le 'surgé' du collège pour avoir cassé les lunettes du fils du susdit après l'avoir bousculé avec quelques complices dans les chiottes, l'accusant de cafarder leurs trafics de timbres et vignettes de football. Une référence cinématographique lui vint ensuite à l'esprit.

« Elle me fait le coup d'Hitler à Mussolini dans le film Le Dictateur de Chaplin » se dit, in petto, Liousse.

L'impérieuse directrice interrompit sa rêverie.

« Que puis-je pour vous, inspecteur ? »

« Je viens d'arriver à Vichy et je visite les principaux établissements de la ville pour me présenter » tenta l'officier.

«　Bonne démarche　» sembla noter sur un carnet de liaison mental la dame d'un hochement de tête.

«　C'est donc avec plaisir que je vais vous présenter le Cavilam que j'ai le plaisir de diriger depuis dix-huit mois. Après une carrière de secrétaire de direction dans de grands groupes parisiens, j'ai accepté ce poste pour me rapprocher de ma famille. Je ne vous cache pas que Paris me manque, vous êtes parisien, si je ne me trompe… Oui, vous comprenez donc que la ville lumière, ses expositions, ses théâtres, ses boulevards animés me font défaut ici. Mais Vichy est une jolie ville, tranquille, enfin, jusqu'aux derniers événements. Quand je pense que j'ai peut-être croisé le criminel de la source Vichy-Célestins en me rendant à mon bureau ! Bref, pour revenir à votre question, le Cavilam est l'un des principaux établissements auvergnats et français d'enseignement interactif de langues vivantes, français, anglais et cætera aux jeunes français et étrangers. On nous l'envie même à l'étranger ! Je ne vous scelle point que, avant ma prise de fonctions, le Cavilam allait à vau-l'eau. La direction précédente nommée par l'ancien maire n'avait pas la compétence requise pour gérer un établissement de cette importance. Nomination politique, népotisme… Donc j'ai du reprendre en mains la gabegie et maintenant nous avons rétabli le prestige du Cavilam. »

« Nous ? » interrompit Liousse, étonnée du passage du Je de majesté au Nous collectif.

« Je veux dire monsieur le maire et moi même. » expliqua sans rire la Madelon parisienne exilée en cette campagne bourbonnaise.

Hélène Jenzat était de ces personnes qui, comme la lune, ne brillent que dans le voisinage d'un astre. Elles s'attachent à un homme puissant avec la dévotion et la jalousie méchante d'une bonne de curé, s'attribuant une part de la gloire de leur idole, une part proportionné à leur besoin, immense, de reconnaissance. Vestale du PDG d'un promoteur immobilier parisien, condamné pour abus de biens sociaux, la Jocaste directrice administrait le Cavilam maintenant avec la rigueur d'une Mère supérieure, persuadée que ses moindres faits et gestes étaient connus et reconnus de l'Hôtel de ville. Liousse se pensa malin de traiter la virago par la flatterie.

« Pourriez-vous me dire combien d'étudiants étrangers suivent les cours du Cavilam ? »

« Le Cavilam, Alliance française de Vichy, bénéficie du Label Qualité FLE. Nous accueillons 5000 stagiaires par an pour l'enseignement de la langue française en cours d'immersion depuis 1964. Nous enseignons également les langues étrangères aux jeunes français. »

«   Avez-vous une répartition des stagiaires par nationalité ? »

La directrice tendit une brochure glossy à Raphaël qui la compulsa rapidement.

«   Je vois que vous avez des chinois. Ce sont des étudiants sérieux, j'imagine. »

« Les chinois ? Ce sont pour la plupart des boursiers du gouvernement chinois. Nous avons quelques inscriptions individuelles de fils de nouveaux riches chinois qui ont la lubie d'apprendre le français à leurs rejetons. C'est très chic, paraît-il. »

« En ce moment, vous en avez ? »

« Laissez-moi regarder » répondit la directrice en tapant sur l'écran de son ordinateur

« Oui, nous avons un certain Chong Liu, fils de Chong Chen, PDG du groupe Wei. Je ne sais pas ce que c'est comme groupe.

« Moi, je sais » pensa in petto Liousse.

Le groupe Wei était le groupe chinois ayant pris le contrôle de Sunyparks dans son projet de village de vacances pour VIP chinois à Vichy ! Une telle coïncidence ne pouvait être fortuite, estima Liousse.

« Bizarre » reprit-elle »Il est noté qu'il a manqué tous les cours de la semaine dernière. Moi qui disais que les chinois étaient sérieux. Tout fout le camp même le confucianisme. »

« Auriez-vous une adresse pour ce jeune homme ? »

« Attendez; oui : pension des Hortensias, avenue des Célestins, à dix minutes à pied d'ici. Vous connaissez ? »

« Oui, je connais. » répondit sobrement Liousse qui avait immédiatement fait le rapprochement avec la première victime, Henri Calou.

« Auriez-vous une photo de monsieur Chong par hasard ? »

« Certes, nous avons toujours une photo sur la fiche des stagiaires » répondit vexée la dame patronnesse.

« Auriez-vous l'obligeance de m'en envoyer une copie sur mon adresse mail que voici ? »

Liousse récupéra sur son portable la fiche du jeune chinois et découvrit une photo montrant un visage sérieux le fixant à travers des lunettes de myope.

La managériale directrice accompagna ensuite Liousse jusqu'au seuil du Cavilam cherchant des yeux une voiture de police jusqu'à admettre que le Lieutenant s'apprêtait non pas à voler la bicyclette d'un stagiaire mais à enfourcher sa monture. Liousse aperçut le docteur Dupin qui sortait de chez lui et, s'apprêtait à monter sans la grosse BMW. Le médecin anesthésiste vint vers eux souriant et fit la bise à Hélène Jenzat puis serra la main de Liousse.

« Vous vous connaissez ? » Interrogea surpris Liousse.

« Un peu, Virginie, mon épouse, et Hélène jouent ensemble au Bridge club du Carlton. Leu jeu est trop fort pour moi » répondit avec humour le médecin.

Liousse revint d'une pédale rêveuse au commissariat. Il ouvrit son carnet et nota rapidement :

Fils du PDG de Wei stagiaire au Cavilam et domicilié pension des Hortensias !? / Epoux Dupin, relation d'Hélène Dubois, directrice Cavilam

Rav party chinoise

Liousse fit rougir les onze dents entre le Cavilam et la pension des Hortensias distante de moins de quatre cents mètres. Il brûla même un feu rouge à la surprise d'un couple d'agriculteurs conduisant, avec la lenteur d'un tracteur, leur Simca très sixties.

Micheline Desgironde qui tapait un tapis devant son porche reconnut avec étonnement le pédalant policier.

« Tiens, vous revoilà inspecteur ! »

Raphaël ne se donna pas le mal de lui dire pour la seconde fois que inspecteur c'était pour les séries télé, bon pour Colombo ou Derrik, mais que la désignation officielle moderne était lieutenant le concernant. Il désenfourcha sa monture d'acier et de caoutchouc sous le regard ironique de la matrone.

« Si c'est pour revisiter la chambre de ce pauvre monsieur Calou, c'est trop tard, je viens de la relouer; j'ai fait le ménage de fond en comble. » assura fièrement la tôlière les mains sur les hanches.

« Non; je viens pour un stagiaire du Cavilam qui loge chez vous : un chinois, un certain Liu Chong. Il est bien chez vous ? »

« Le chinois ? Oui, ou plutôt non; cela fait une semaine qu'il a disparu; toutes ses affaires sont dans sa chambre mais pas de chinetoque. C'est comme son copain, un zigoto lui, il a disparu aussi, mais ils ont payé par avance jusqu'à la fin du mois, donc, pour l'instant, je ne m'en inquiète pas trop. »

« Il s'appelle comment le zigoto ? »

« Dragomir quelque chose, un nom serbe ou croate » répondit consultant son registre la bignole, »... Grebsa, c'est ça, Dragomir Grebsa; il a un fort accent des Balkans en tous cas. »

« Pourquoi un zigoto ? »

« Et ben parce que, autant le chinois, un vrai courant d'air, pas un son, bonjour, au revoir d'un signe de tête et basta; autant le croate c'était un enjôleur, de la musique Rap et des filles qu'il ramenait du Cavilam. Il pratiquait les langues vivantes celui là ! Mais genre french kiss, si vous voyez ce que je veux dire... Je me demande comment le chinois et lui se sont abibochés mais ce qui est sûr, c'est qu'ils ne se quittaient plus depuis quelques temps. Le chinois passait avant son temps devant son ordinateur à faire des conférences Skype avec des chinois mais à part ça, très tranquille, rien à dire ; très mauvaise influence le yougoslave ! »

Liousse préféra ne pas demander à la logeuse du garni, pompeusement nommé pension, comment elle connaissait ces détails de la vie privée de ses hôtes et demanda à visiter les chambres des deux garçons en sa présence.

Il s'éloigna auparavant un instant sur le trottoir pour appeler la directrice du Cavilam qui l'informa qu'il n'y a n'avait pas de Grebsa inscrit dans ses tablettes. La logeuse, vexée de ses messes basses, lui tourna le dos et alla chercher les clés.

La chambre de Liu Chong était impeccable. Le lit fait, un manuel français-chinois tout neuf sur la table de chevet, quelques vêtements d'été dans la penderie; une splendide valise Vuitton fermée à clef signalait la fortune du père mais Madeleine Desgironde était ignorante du nom du prestigieux sellier. Un superbe ordinateur portable Lenovo équipé d'un casque audio était en mode veille sur une table de sapin.

« J'ai équipé en wifi la pension » commenta la dame « Seul moyen d'attirer les étudiants. »

Liousse, conscient de dépasser les bornes autorisées d'une visite domiciliaire sans ordonnance du juge d'instruction, tapa d'un air absent sur le clavier. Un plan de la ville de Vichy zoomant sur le parc des Célestins s'afficha avec une légende en caractères chinois, l'ordinateur n'était pas protégé par un mot de passe !

La chambre du zigoto offrait une image toute différente. Les draps jetés par terre, des mégots dans un verre à moitié rempli de bière éventée, un exemplaire de Lui ouvert sur un double page, avec des seins sur la page de gauche et des fesses sur celle de gauche, un sac de voyage Puma rempli de linge sale : la chambre d'un fêtard en effet.

« Le saligaud ! Mes draps en percale » rouspéta la taulière qui rabattit d'un coup la couverture de peluche vert pomme du lit. Un poignard militaire à double lame tomba du lit bousculé, exposant un préservatif usagé sur la couche.

« Le cochon ! » grinça-t-elle.

Liousse estima que les soupçons pesant sur le duo sino-croate étaient suffisamment avérés; il appela Emmanuel Fouquier, le juge d'instruction, pour l'informer des avancées de son enquête et un avis de recherche qu'il lançait sur les deux personnages. Disposant d'une photo du stagiaire chinois, ce serait simple; pour ce qui est du croate, plus compliqué car la description fournie par l'hôtelière était vague et son nom peut-être faux.

L'avis de recherche partit dans l'après-midi. Moins d'une heure plus tard, Liousse reçut un appel du Commandant de gendarmerie Prunelle :

« Alors vous êtes sur une piste chinoise et croate maintenant, Lieutenant ? » lança tout à trac le pandore.

« Oui, c'est une piste en effet. » admit Liousse énervé de devoir répondre à la lourde ironie du gendarme.

« Votre Chong, on l'a déjà retrouvé. Il a été contrôlé. Dimanche 29 août, huit heures du matin. Rav Party dans la forêt de Montpensier en bordure du golf. Un papi golfeur, qui avait pris le départ à 6:30, furieux de trouver des bouteilles de vodka sur le fairway du trou numéro 5, nous ont alerté. On est allé réveiller une trentaine de jeunes qui pionçaient encore au sortir de leur nuit de teuf. On a saisi quelques joints, rhabillé quelques gamines, rien de bien méchant. Ils avaient passé la nuit de samedi à se bourrer la gueule autour d'un feu de bois mais enfin, cela a perturbé, le jeu des papis qui démarrent leur parcours au lever du jour pour profiter de la fraîche. Les vieux nous ont engueulé parce que l'on perturbait leur partie matutinale alors que les jeunots se tenaient à carreau, vous imaginez cela vous Liousse ? »

« Et depuis, vous avez des nouvelles de Chong ? »

« Non, on a relevé son identité mais il était clean, pas de drogue, pas d'armes, une belle gueule de bois, c'est tout. Donc on l'a laissé repartir. »

« Vous n'auriez pas par hasard contrôlé aussi mon croate ? »

« Non, pas de croate au bataillon des fêtards. Une italienne délurée, une Sandra Spritz également stagiaire au Cavilam, dans le même sac à viande que le chinetoque mais pas de croate. »

Liousse nota le nom de l'étudiante italienne et remercia le Commandant lui promettant de l'informer de toute avancée nouvelle dans l'enquête.

Muni de l'adresse de la stagiaire transalpine par la toujours efficace Hélène Dupin, Liousse pédala jusqu'à l'Ibis où elle avait déclaré domicile. Le réceptionniste lui indiqua qu'elle devait se trouver chez elle car la clé n'était pas au tableau. Liousse qui détestait les ascenseurs monta d'un pas élastique les deux étages. Il frappa à la porte en regardant l'heure. Onze heures passées.

Une jeune femme brune, jolie, les yeux battus d'insomnie amoureuse, peu enveloppée d'un peignoir de bain vint entrebâiller la porte, clignant les paupières dans la vive lumière de la coursive.

« Si, oui, qué voulè vous ? »

« Vous êtes bien mademoiselle Sandra Spritz ? »

« Si, perque ? Pourquoi ? » répondit dans un sabir italo-français la jeune fille en réalisant que l'uniforme était non celui du chasseur de l'hôtel mais celui d'un policier.

Liousse lui demanda si elle savait où se trouvait monsieur Liu Chong depuis la Rav party du week-end précédent.

« Liu ? Ma, e qui; il est là » répondit-elle en entrouvrant la porte.

Dans la pénombre de la chambre, Liousse aperçut de dos le corps d'un homme couché.

Chong, réveillé, jeta un regard par dessus son épaule et demanda d'une voix pâteuse :

« Yes, what do you want? »

Le jeune chinois ne tentait lui même pas de parler en français mais son anglais étant très correct, Liousse put l'interroger en anglais.

Il en ressortait que lui et la jeune italienne s'étaient connus au Cavilam, avaient passé la dernière semaine au lit depuis leur fiesta à la Rav party. Quant à Grebsa, le fils du ciel admettait le connaître, avoir bu quelques bières avec lui à la pension des Hortensias mais assurait être sans nouvelles de lui depuis deux semaines.

Interrogé sur sa venue à Vichy et sur son manque d'assiduité au Cavilam, il répondit que c'était son paternel qui avait eu cette idée de l'inscrire après sa rencontre avec le maire de la ville lors d'une tournée européenne de prospection commerciale. Lui le français, cela le rasait. Liousse menaça le fêtard d'une expulsion du territoire français pour désordre public compte tenu de son interpellation à la petite sauterie champêtre. Sur cette menace, le noceur reconnut que le croate le fournissait en chit; c'était comme cela qu'ils s'étaient connus : Grebsa dealait de l'herbe aux étudiants du Cavilam. Il jurait ne pas en savoir plus sur l'individu. Quant à ses prétendues conférences sur Skype, dénoncées par la logeuse, il s'agissait de parties de jeux vidéo en ligne avec des copains chinois. Pas de quoi fouetter un chat.

« Et vous n'avez pas revu Grebsa depuis quand ? »

« Attendez, c'était il y a deux semaines. On a fait une teuf dans ma chambre. » Le chinois curieusement avait utilisé le mot teuf dans sa phrase anglaise, comme chit. Décidément, il acquérait un vocabulaire français spécialisé, pensa Liousse.

« Sandra était là, vous pouvez lui demander. On a bu des coups; rien de bien méchant. »

« Et vous n'avez par hasard pas pris des photos pendant votre petite sauterie ? »

« Non, Grebsa ne voulait pas se laisser prendre en photo. Il tournait le dos dés qu'on sortait nos smartphones. »

Sandra qui suivait la conversation, tapotant sur son smart phone, intervint alors :

« Tenez regardez, là, on a voulu faire un selfie avec Liu et Grebsa, il a tourné le dos !'

Liousse regarda la photo. Le type tournait en effet le dos; on apercevait seulement son épaule dénudé par un marcel noir, une épaule costaude tatouée dans une écriture bizarre que le policier ne connaissait pas. A tout hasard, il demanda à la jeune italienne de lui envoyer la photo par mail.

Le fils de prince (son père avait été cadre du régime et son grand-père un des compagnons de Mao pendant la Grande marche) répondait aux questions avec assurance. La morgue du fils à papa énerva Liousse qui lui ordonna de se présenter une demi-heure plus tard au Commissariat pour signer une déposition en bonne et due forme. Il intima la même consigne à la bella ragazza et quitta, avec soulagement, le remugle libidinal de la chambre.

Arrivé au commissariat, Liousse, toujours irrité, et, à sa grande honte, encore un peu excité par le souvenir libidinal de la chambre, ne répondit pas au sourire lascif de Mélissa à qui il commanda de prendre la déposition des deux jeunes à leur arrivée. Il franchissait la porte de son bureau quand le téléphone sonna. Mélissa lui annonça d'une voix surjouant l'innocence que c'était le maire en personne qui, fait rare, passait l'appel en direct sans recours à sa secrétaire. Raphaël hésita un instant mais décida de se débarrasser de l'importun téléphoniste.

« Comment pouvez-vous mettre en arrestation le fils du PDG d'un des plus grands conglomérats chinois, lieutenant ? Vous avez perdu la raison ou vous faites partie de la conspiration contre moi ? » cria tout de go l'intempérant membre du barreau.

Liousse fut admiratif de la célérité de l'internaute asiate.

« Cela relève du secret de l'enquête; je ne puis rien vous dire, désolé. »

Interloqué par l'impertinence de la réponse de l'officier de police judiciaire, l'ex frontiste échevin resta coi un instant, mais un instant seulement.

« Je vais devoir en référer à votre hiérarchie, lieutenant ! Gaston Aubière, le directeur régional de la police judiciaire, est une relation; je l'appelle séance tenante. »

Liousse ne répondit rien. Ce silence outragea l'emporté importun.

« Je ne vous salue pas lieutenant » lança-t-il avant de raccrocher.

Antiphrase, nota mentalement Raphaël, « je ne vous salue pas » est bien une forme de salutation.

« Décidément très introduit le paternel » se dit Liousse en recevant deux heures plus tard un appel d'Aubière s'excusant d'interférer dans son enquête, lui renouvelant sa confiance mais indiquant qu'il venait de recevoir un appel du conseiller diplomatique du ministre de l'intérieur, alerté par l'ambassade de Chine à Paris.

L'héritier n'ayant pas un profil de tueur en série et puis le père avait les moyens de s'offrir des tueurs à gage infiniment moins visibles que son propre rejeton, Liousse déclassant la piste chinoise dans sa 'hit list', nota sur son carnet vade mecum :

Alibi du fils PDG Wei : sexe / Piste croate ??

Iron man

François Maurel s'était entraîné une année durant pour accomplir son premier Iron man, celui de Vichy. Non professionnel et sans classement officiel, il figurait dans la dernière vague des départs, celle des 'bonnets de bain noirs', les amateurs, qui s'élancèrent à 7h30 pour les 3,8 km de natation dans le lac d'Allier. Les Pros, les bonnets rouges, partis à 6h50, étaient déjà sur leurs vélos, engagés sur le parcours de 180 km sur les routes de Limagne, avant l'épreuve finale, le marathon de 42 km dans les rues de Vichy.

Les quatre cents nageurs amateurs s'élancèrent dans l'eau pour accomplir les deux boucles du parcours. La chaleur caniculaire de la semaine passée avait chauffé l'eau à 22°. Telle une armée de jouets nageurs à ressorts, l'armada de sportifs battait à grands moulinets les eaux sucrées du plan d'eau. Le triathlète débutant acheva dans les derniers l'épreuve natatoire, se changea et enfourcha son vélo de course.

Le soleil était déjà levé quand il prit la route de Saint-Yorre. Les monts d'Auvergne formaient un cadre superbe mais, le front baissé sur son guidon, Maurel pédalait, pédalait, pédalait encore, sans jouir du paysage.

A l'entraînement, son meilleur temps avait été de onze heures soit prés de trois heures de plus que les meilleurs Pro, il savait qu'il devrait donc souffrir durant les heures les plus chaudes, n'espérant pas finir l'Iron man avant la fin de l'après-midi. Finir l'épreuve était son premier objectif tant le défi était énorme pour les organismes. Une journée d'effort ininterrompu dans la touffeur bourbonnaise.

Les abandons se multiplièrent dès les premiers 50 km de vélo. En surchauffe après une nage trop rapide, certains compétiteurs connurent le claquage, d'autres brûlèrent leur énergie trop vite et durent s'arrêter comme une locomotive sans vapeur. Maurel resta à son rythme, se laissa distancer mais ne craqua pas. Traversant Brugheas puis Serbannes, il fut ébloui, redescendant sur Vichy, par le soleil déjà bas sur les monts de la Madeleine.

Le marathon final était l'épreuve qu'il craignait le plus. Il but de l'eau salée pour limiter le risque de crampe et de l'eau sucrée pour l'énergie, mangea des barres vitaminées, se laissa doucher par un groupe de bénévoles qui hurlaient des encouragements, puis prit le départ de la course à petites enjambées à 15:30. Le soleil brûlait à 41° le parcours le long des rives du lac de retenue ; seule la partie du parcours dans les rues de la cité thermale étaient ombragée. Maurel trottait cahin-caha, tel un cheval fourbu aspirant à l'écurie, sous les arcades entourant le Casino et la grande source.

Des groupes de bénévoles, eux en pleine forme, vêtus de T-shirts bleu siglés, tendaient des gobelets d'eau aux coureurs; certains avaient même organisé des douches avec des jets; d'autres encore assuraient la claque, ajoutant le bruit de leurs crécelles aux applaudissements des badauds au passage des forçats du sport. Maurel laissant l'Opéra à sa droite, engagea la rue du Président Wilson et ralentit le trot pour s'arrêter au point de ravitaillement à l'angle de la rue Lucas installé dans la galerie desservant la Grande source. Il prit un gobelet d'eau qu'il se renversa sur la tête puis un second qu'il but d'une seule rasade mortelle.

Le cyanure de potassium tua net le coureur qui s'effondra aux pieds d'une jolie adolescente qui poussa des cris d'horreur. Chaque poste de ravitaillement bénéficiait de la présence d'un pompier ou d'un médecin. Le docteur Dupin, vêtu d'un T-shirt bleu Iron Man Bénévole, se précipita vers le corps dans vie de Maurel.

« Nom de nom ! » jura le médecin « ce policier va encore me soupçonner d'être coupable ! »

L'anesthésiste de la clinique La Véranda ne tenta même pas de s'esquiver et se présenta spontanément au policier arrivé sur les lieux en quelques minutes.

Liousse reçut sa déclaration, procéda à la mise sous scellés du gobelet fatal ainsi que de l'ensemble du matériel de ravitaillement. Estimant que le meurtrier, ayant frappé une fois aujourd'hui, se tiendrait tranquille jusqu'à sa prochaine invention macabre, il jugea inutile de faire arrêter le déroulement de l'Iron man. Une trentaine de retardataires étaient encore attendus; il était très peu probable compte tenu de la routinière pratique du tueur en série qu'il ait empoisonné d'autres points de ravitaillement.

Désabusé, le jeune policier nota :

Cinquième victime au cyanure (?) / chercher le poison / relire 'Dix petits nègres ?

Ne trouvant pas le sommeil, Raphaël se releva la nuit suivante et se lança dans une recherche internet sur le cyanure.

- Particulièrement redoutable sous forme de cyanure d'hydrogène, se formant notamment lorsque les cyanures sont acidifiés (en solution ou par les sucs gastriques après ingestion).

- Composant principal du zyklon utilisé par les nazis pour exterminer leurs victimes dans les chambres à gaz.

- 200 mg de cyanure de potassium versés dans un verre tuent en moins d'une minute.

- Si Raspoutine a survécu à l'ingestion de gâteaux au cyanure obligeant le prince Ioussoupov à le tuer à l'arme blanche, le poison avait expédié Hitler, Goebbels et Goering en enfer.

- Le cyanure de potassium est de fabrication simple, à la portée d'un jeu de petit chimiste, à partir de composants en vente libre.

Autant rechercher une aiguille dans une botte de foin.

Liousse n'était pas au bout de la via dolorosa de son enquête marquée d'assassinés comme autant de stations mais, pour l'heure, par aucun progrès dans l'identification du criminel.

Funeste lecture

Le Directeur du Centre culturel Valery Larbaud, Louis Larbaud, était un lointain descendant de l'illustre écrivain. Nommé depuis 1975, il se voulait immortel et, à soixante dix ans passés, continuait à organiser expositions et colloques dans le petit théâtre à l'italienne datant de 1929.

Ayant fait ses armes au temps des Jean Vilar et Roger Planchon, il avait le cœur à gauche et affichait un mépris ostentatoire à l'égard du nouveau maire, « un gugusse inculte ».

Jacques Oridot avait bien tenté de le mettre sous tutelle en menaçant de sabrer la maigre subvention de la ville mais le cultureux avait répondu par une pétition qui avait réuni prés de deux cent signatures, chiffre considérable à Vichy.

Par opposition à l'égard des opinions, jugées par lui révisionnistes, du fondateur du Front national, Jean-Marie Le Pen et de « son affidé Oridot » (sic), Louis Larbaud organisait en ce samedi 19 septembre un colloque intitulé 'Littérature collaborationniste'. La provocation était flagrante et le succès non assuré tant les vichyssois préféraient éviter de visiter le passé vichyste de leur ville.

Pour assurer l'audience, le « dangereux gauchiste » (expression de Oridot) avait fait circuler dans Vichy la rumeur de la présence de deux invités prestigieux : Pascal Jardin pour parler de son ouvrage *Des gens très bien* où il voue aux gémonies la mémoire de son grand-père directeur de cabinet de Pierre Laval d'avril 1942 à octobre 1943 et son rôle, selon lui, dans la rafle du Vel d'Hiv' des 16 et 17 juillet 1942 ainsi que celle dans le rôle de trublion de Denis Tillinac, écrivain chiraquien, ancien journaliste de La Montagne, pour son pamphlet *Du bonheur d'être réac*. Grâce à ces deux têtes de gondoles annoncées, l'ancien gentil Jardin et le caustique Tillinac, le centre culturel jouait salle comble.

Louis Larbaud prit la parole sur une estrade où ne siégeaient manifestement aucun des illustres auteurs mais deux inconnus. Il informa les auditeurs dans un silence de plomb que tenir un colloque sur la Littérature collaborationniste « ici au Centre culturel Valéry Larbaud était hautement symbolique car anciennement 'Petit Casino' ce bâtiment charmant avait été le siège vichyssois de la Milice qui y avait torturé des résistants » puis il fit part de ses regrets que, malgré son invitation, les deux célèbres écrivains « n'aient pu se libérer » et présenta ses deux coadjuteurs : Albert Carteron, 'historien de Vichy' et Madeleine Noëllet, ancienne proviseur du lycée de Presles, renommé Albert Londres depuis 2010. Plusieurs dames venues avec le bouquin de Jardin ou de Tillinac pour une dédicace, murmurent leur mécontentement mais, comme la conférence était gratuite, et que 40 ° les attendait dehors, elles décidèrent de rester au frais.

L'ancienne proviseur, agrégée de lettres, entama un brillant exposé expliquant que la très grande majorité de l'intelligentsia française avait adopté la cause du régime de Vichy citant des noms connus pour leur collaboration active : Pierre Drieu La Rochelle, Robert Brasillach, Jacques Chardonne, Lucien Rebatet, Louis Ferdinand Céline, Jean Giraudoux mais aussi des noms moins connus pour leur errement vichyste : Paul Claudel, François Mauriac, Paul Valéry, André Gide qui avaient au moins un temps fait l'éloge du Maréchal. Giraudoux, réfugié à Vichy auprès de sa mère, responsable général de la censure et choreute de la contre-propagande française, xénophobe et antisémite, était invité, expliqua la conférencière, régulièrement par Pétain dans sa résidence de Vichy afin d'y goûter les petits fours. Henri de Montherlant, Alfred Fabre-Luce, André Gide, et même François Mauriac et le futur philosophe Maurice Clavel s'étaient compromis un temps avec L'Office central juif.

La presse ultranationaliste publia et relaya les auteurs vichystes : *La Gerbe* animée notamment par Ramon

Fernandez, le père de l'écrivain Dominique Fernandez qui écrit dans 'Ramon' : «Je suis né de ce traître, il m'a légué son nom, son œuvre, sa honte », la revue *Gringoire* à laquelle contribua brièvement Roland Dorgelès, l'auteur des Croix de bois, dont le directeur Horace de Carbuccia publiera sous pseudonyme Irène Nemirowski, juive russe convertie, l'auteur de Suite française, jusqu'à son arrestation et sa déportation en 1942, et la plus connu de toute ces feuilles infamantes, *Je suis partout* publiée à plus de 220 000 exemplaires en 1944 avec les signatures de Brasillach et Rebatet ou encore celle d' Alain Laubreaux qui condamnera le poète résistant Robert Desnos à la mort en déportation en le dénonçant comme un homme à abattre en priorité pour avoir qualifié Pétain de 'Maréchal Ducono'.

A la Libération, expliqua la conférencière, la Haute Cour de justice prononcera huit condamnations à mort. Seuls trois écrivains collaborationnistes seront fusillés dont Robert Brasillach. Louis Ferdinand Céline sera amnistié comme Rebatet en 1952. Georges Suarez, juif et fasciste (selon la formule de Jacques Biélinsky), biographe de Pétain, directeur du quotidien collaborationniste, *Aujourd'hui*, seront exécutés au lendemain de la guerre. Ramon Fernandez, communiste devenu collaborateur meurt d'une crise cardiaque quelques jours avant la libération de Paris. Marcel Déat sera protégé par les moines d'un couvent italien et mourra en exil en Italie, tout comme Paul Touvier, caché dans des monastères en France, gracié par Georges Pompidou en 1971 puis jugé et condamné en 1994, meurt en prison. Charles Maurras, condamné en 1945 pour haute trahison et intelligence avec l'ennemi, repentant sera amnistié pour raisons médicales par le Président Auriol quelques mois avant sa mort; à son siège déclaré vacant de droit, l'Académie française, refusera de le remplacer, ainsi qu'elle en décida également pour le siège de Philippe Pétain, laissant leurs sièges vacants jusqu'à leur mort. Drieu La Rochelle se suicide au gardénal en mars 1945.

Des déchéances de la nationalité française pour cause de « collaboration avec l'ennemi » de la nationalité française seront également prononcées : de manière hasardeuse s'agissant de Pierre Benoit, de manière légitime pour Pierre Drieu La Rochelle, Marcel Jouhandeau, Jacques Chardonne ou Jean Giraudoux.

« Au final, une épuration confuse, partielle, inégale » conclut la conférencière.

Assoiffée par son propos d'une trentaine de minutes, l'ancienne proviseur reçut modestement les applaudissements prudents de la salle, et, baissant la tête sous les éloges ampoulés du maître de cérémonie qui passait la parole au « très renommé historien de Vichy, Alain Carteron », elle versa le contenu d'une carafe d'eau dans son verre qu'elle but d'un trait.

L'historien vichyssois, impatient de pérore, jaillit de son siège comme un diable de sa boite pour adresser la salle. Son exorde fut interrompu par le bruit sourd de la tête de la proviseur s'écroulant sur le tapis de feutre vert recouvrant la tribune.

Les auditeurs fixèrent incrédules le corps sans vie de celle dont la voix portait quelques instants auparavant et, après un bref silence, la panique partit des premiers rangs; les retraités se précipitèrent vers les portes, se bousculant.

Louis Larbaud contemplait la pagaille tandis que le conférencier froissait son discours dans sa main, figé, debout devant son siège renversé.

Le lieutenant Liousse reçut l'appel du directeur quelques instants plus tard.

« Ne me dites pas; laissez moi deviner; une mort subite; après avoir bu un verre d'eau; décidément le modus operandi du tueur est répétitif. Cela en devient ennuyeux. »

Louis Larbaud écouta stupéfait la réflexion lassée du policier qui reprit :

« Ne touchez pas au verre et à la carafe et préparez une liste des participants au colloque, je suis là dans moins de cinq minutes »

« Mais nous n'avons pas de liste, c'était entrée libre » s'excusa Louis Larbaud.

« Dommage; j'arrive. »

« Cela nous donne comme suspects la population entre cinquante et quatre-vingt dix ans en état de lire et de marcher » pensa Liousse en mettant ses pinces à vélo.

Cela commence à bien faire, tout ce cyanure qui circule à Vichy. Je devrais aller faire une perquisition à l'Hôpital et à la clinique La Véranda et interroger les pharmacies.

Le corbeau

La perquisition à la clinique La Véranda ni à l'hôpital n'ayant, sans surprise, rien donné, les pharmaciens déclarant n'avoir remarqué aucune vente de produits susceptibles de composer du cyanure, Raphaël s'enferma dans son bureau, ordonnant qu'on ne lui passe aucun appel. Il relut les notes de son carnet renommé dorénavant 'Albert Londres' par référence au célèbre écrivain vichyssois, grand reporter, mort dans des circonstances tragiques et inexpliquées le 19 mai 1932, au large du Yémen, lors de l'incendie de sa cabine sur le George Philippart qui le ramenait de Chine en France. Agent secret français, on dit qu'il aurait été assassiné pour détruire les preuves d'une conspiration bolchévique en Chine.

Parcourir ses notes était comme s'égarer dans un labyrinthe. Chaque nouvelle piste tombait sur une impasse. Chaque personne interrogée lançait l'enquêteur sur des chemins de traverse. Les coïncidences les plus improbables s'avéraient fortuites. Des innocents, des inconnus, des anonymes étaient victimes expiatoires d'un tueur en série qui frappait au hasard, selon un procédé répétitif banal, avec le recours d'un poison facile à fabriquer mais terriblement efficace. Le tueur était proche. Liousse sentait sa présence palpable dans l'oppression du huis clos thermal. Tel le Minotaure, le criminel attendait au centre du dédale que l'inspecteur le découvre enfin. La répétition de crimes semblait à Liousse un appel à la délivrance du tueur par le meurtre puis l'expiation, souhaitée. Seul un être désespéré pouvait ainsi tuer au hasard, sans motif rationnel. Un fou n'aurait pas tué avec autant de méthode et de sang-froid, estimait le policier.

Cherchez le mobile, enseignaient les manuels d'instruction criminelle mais quoi de commun entre cinq victimes expiatoires tirées au sort ?

« Cherchez la femme ! », avait recommandé le commissaire Sornin ainsi que Mélissa qui ajouta son grain de piment constatant l'impasse dans laquelle se trouvait le charmant Lieutenant, mais quel mari jaloux se livrerait à une telle hécatombe ? Au surplus, les victimes n'avaient pas le profil de séducteurs et étaient des hommes et des femmes. Non, la jalousie n'était pas une piste sérieuse.

Plongé dans ses frustrantes réflexions, Liousse n'avait pas remarqué une enveloppe kraft posée sur la pile de courrier du jour. L'enveloppe, non affranchie, ne comportait que la mention 'Commissaire' et 'personnel' rédigées de travers en lettres capitales. Le planton informa le lieutenant que l'enveloppe avait été levée le matin même dans la boite aux lettres du commissariat.

Suivant le manuel, le policier enfila des gants de chirurgie pour ouvrir l'enveloppe.

L'enveloppe ne contenait aucun message, seulement une photo A4 de mauvaise qualité, probablement éditée par une imprimante informatique, représentant un homme pendu par les pieds à un réverbère, dans une rue sans nom d'une ville anonyme. On apercevait en bas de la photo des têtes levées de dos vers le sacrifié. Liousse tira une loupe de son bureau et chercha des détails. Le lampadaire de ciment brut semblait d'une modèle ancien tel qu'on en voit encore dans les campagnes. L'homme portait un pantalon de toile démodé et une chemise blanche. De dos également, on ne voyait pas son visage. Les spectateurs, des hommes, pas de femmes, portaient des cheveux courts, l'un d'eux était coiffé d'une sorte de panama. La scène pouvait se passer n'importe où. En Europe, probablement, un jour d'été vu la tenue des participants. Une scène de lynchage, estima Liousse. Une foule contemplant un homme martyrisé. Pas d'uniformes ni d'armes visibles, une exécution sommaire, suite à une émeute ou une guerre civile.

A en juger par la qualité de la photo, il s'agissait d'une photographie argentique, non numérique, d'une trentaine d'années au moins; une photo d'archives probablement.

Une sorte de coq dans un soleil stylisé figurait dans l'angle droit supérieur de la photographie.

Liousse se demanda ce que cette figurine symbolisait. Pas un Etat; le coq gaulois ?

Son activité cinéphile lui donna la solution. L'image était la marque ancienne des studios Gaumont ! Une rapide vérification sur la banque d'image Gaumont lui confirma qu'il s'agissait bien du logo de la société Gaumont dans les années 1930 à 1950, date à laquelle la marque avait modernisé son logo.

La qualité médiocre de l'image suggérait la capture d'un film d'actualités, tel qu'on en projetait avant le développement de la télévision, dans les salles de cinéma en ouverture du 'grand film'. La scène pouvait avoir été tournée dans n'importe quel pays européen. Guerres civiles et émeutes n'avaient pas manqué. Le moteur de recherche des archives Gaumont ne répondait pas aux mots clés 'pendu', 'lynchage'. Encore une impasse !

Le policier n'acceptait pas cette nouvelle déconvenue. L'expéditeur lui envoyait un message, pour lui explicite, donc la réponse était dans la photographie. Où et quand avaient eu lieu des exécutions sommaires de civils en Europe dans les années 30 à 50 ? Pendant la seconde guerre mondiale mais la pendaison par les pieds n'était, dans le souvenir de Liousse, pas dans les pratiques des Einsatzgruppen nazis. D'ailleurs aucun des spectateurs ne portait une tenue militaire, non, des vêtements de ville comme ceux des ouvriers des films réalistes de Rosselini. Mussolini avait été pendu par les pieds mais le décor ne semblait pas italien encore que rien ne permettait de l'exclure. Mais il ne s'agissait pas de Mussolini vu la minceur du corps de l'homme. Mussolini avait été exposé pendu par les pieds avec sa compagne Clara Petacci. S'il ne s'agissait pas d'une scène de l'épuration en Italie, en France ?

Voilà la solution ! La photographie montrait peut-être une scène d'exécution lors de l'épuration et, puisque l'on était à Vichy, on pouvait imaginer qu'il s'agissait d'une scène locale vu l'envoi ici par un corbeau.

Liousse tapa 'épuration' et 'vichy' dans le moteur du site d'archives Gaumont et obtint une réponse. Les archives disposaient d'un film d'amateurs d'un certain Evanghelou intitulé 1943 – 1945 : Témoignage sur l'Epuration !

La fiche du film indiquait que les images montraient le lynchage en juin 1945 par un groupe de déportés, libérés et rapatriés du camp de Dachau, de deux miliciens tirés de la prison de Cusset :

- Georges Gouverneur, qui avait dénoncé le maquis où il se trouvait et rejoint la milice fut pendu par les pieds à deux reprises mais en réchappa. Condamné à mort puis à la prison à perpétuité, il décède en liberté en 1984.

- Senati, chef d'équipe au château des Brosses, le Centre d'entraînement de la Milice à Vichy, meurt de pendaison après avoir été extrait de l'hôpital.

Liousse se rendit à la bibliothèque municipale pour se documenter sur ces deux personnages. De nombreux ouvrages racontaient les exactions de la brigade Poinsot du nom du commissaire Pierre Poinsot responsable des Renseignement Généraux à Vichy après avoir été un proche collaborateur de Maurice Papon à Bordeaux. Poinsot sera lynché par la foule puis remis en prison. Il fut exécuté sur condamnation à mort par la cour de justice de l'Allier. Père de dix enfants, il faisait passer à tabac par les Miliciens les prévenus au petit Casino du parc Lardy, ancien siège des RG. Mis au frigidaire les hommes étaient battus par des équipes successives de miliciens. Le nom de certains tortionnaires était entré dans l'histoire : le Mataf, un nord africain vicieux, Develle qui aimait violer les femmes mise à nu pour des séances de dynamo, Gombert et tant d'autres restés anonymes. Les tortures se poursuivaient parfois dans les caves du château des Brosses. Vichy avait été libéré le 26 août 1944. Les FFI et des anciens déportés avaient alors exercé une 'justice populaire' sommaire passant quelques collaborateurs tandis que les miliciens avaient fui le jeudi précédent en un convoi de 250 véhicules pour l'Allemagne. Pour la seule agglomération de Vichy, les historiens estiment à 300 arrestations et 200 déportations les victimes de la Milice.

Une vendetta soixante-dix ans après les faits ? L'occupation, le régime de Vichy, la résistance, la

Milice de Joseph Darnand dont le symbole était le gamma, référence à la croix gammée qui, selon le chef de la propagande de la Milice, « strie l'air et annihile la faucille et le marteau du communisme » avait laissé tant de haines que Liousse désespéra de tirer une piste solide de la lettre du corbeau.

Casablanca

Raphaël épuisé par la chaleur ne réussissait pas à s'endormir une fois encore; il téléchargea en streaming le film Casablanca sur son ordinateur. Il connaissait chaque plan de ce film, murmurant les paroles de la chanson de Rick, récitant les répliques cultes de Bogart et Ingrid Bergman, encore une fois ému par l'idylle parisienne, les retrouvailles dans le caboulot de l'américain au Maroc, le sacrifice du sentencieux Bogey.

L'avion à hélices emportant Isla et Viktor Lazlo décollait, le méchant officier allemand aux parements d'uniforme de gala était expédié ad patres, Rick lâchait une réplique sur un avenir nouveau du coin crispé de la lippe, le débonnaire policier débouchait une bouteille de 'Vichy water' qu'il rejetait symboliquement dans la corbeille à papier avant de partir, bras dessus - bras dessous, avec le ténébreux américain rejoindre les Forces françaises libres à Brazzaville. La Marseillaise résonnait sur le fondu enchaîné final.

Comme Woody Allen dans Annie Hall, Raphaël se surprenait à rouler les épaules et parler d'une voix rongée par le tabac, à chaque visionnage mais cette fois, c'était le geste du commissaire Renault débouchant une bouteille d'eau et la jetant dans la corbeille en lisant Vichy Water sur l'étiquette qui le frappa. Un détail qu'il avait oublié. Décidément, je suis poursuivi, s'exclama-t-il.

Château des Brosses

Le lendemain, une seconde enveloppe kraft attendait Liousse avec son second café de la matinée.

« C'est le facteur ! » plaisanta Mélissa en faisant irruption dans son bureau sans frapper. La taille prise dans son pantalon de service, elle remuait le popotin comme si elle allait danser la biguine. Liousse, une fois encore, mortifia sa libido en faignant l'indifférence. La belle n'était pas dupe mais comprit qu'il lui faudrait attendre encore pour que le bel officier ne lui déclare sa flamme.

Seul, enfin, Liousse ouvrit la seconde enveloppe qui contenait la photo d'une sorte de grosse villa. Une légende indiquait : 'Château des Brosses'.

Liousse se souvint de par ses lectures à la bibliothèque municipale, que le Château des Brosses avait été le lieu d'entraînement de la Milice mais aussi un lieu de détention et de tortures. Jean Zay y fut détenu en juin 1944 avant d'être assassiné.

Sachant que le mystérieux expéditeur se livrait à un jeu de pistes, Liousse attendit la missive du lendemain renonçant à se creuser les méninges.

Une devinette, non une clé, lui fut donnée par l'expédition, le lendemain, d'une photographie prise lors des obsèques de l'industriel Guy Ligier le 28 août en l'église Saint-Louis à Vichy. Quel lien entre un milicien lynché, le château des Brosses et Guy Ligier ? Ligier était né en 1930, avant la guerre. Rien ne le rattachait à l'épuration ni à l'Etat de Vichy. Quel esprit dérangé pouvait associer le célèbre industriel et coureur automobile et la Milice ?

Liousse eut l'idée de consulter le registre immobilier et apprit que le château des Brosses, revendu à la libération par ses anciens propriétaires, avait été racheté par l'industriel Guy Ligier avant de devenir une résidence hôtelière de standing ! Voilà le lien, mais cela n'apportait aucune clé pour l'intrigue du meurtrier en série.

Troisième case mais pas la dernière de ce jeu de l'oie, estima Liousse.

Il lui fallait trouver une clé supplémentaire. Oui, mais laquelle ?

Liousse reprit ses notes. Si le mobile était une vengeance contre la Compagnie Fermière de Vichy, il fallait rechercher des proches de Gouverneur ou Senati s'il en restait sur Vichy ce qui était hautement improbable.

Le policier ouvrit l'annuaire de téléphone en ligne et rechercha les éventuels descendants des miliciens Gouverneur et Senati. Une piste très hypothétique mais dans l'impasse où il se trouvait, Liousse s'y résolut. Pas de Gouverneur sur Vichy mais le nom étant très répandu sur France entière, une recherche systématique n'était pas réaliste. Aucun Senati à l'annuaire. Liousse eut l'intuition d'appeler Marie-Josée Levy, la DRH de la Compagnie Fermière de Vichy. Bingo ! Un certain Léon

Senati avait été employé au vestiaire des Thermes des Dômes jusqu'en 2013, date à laquelle il avait été mis à pied suite à une réflexion antisémite à l'égard de clients. Il avait préféré démissionner. La DRH lui communiqua même le domicile figurant dans le fichier du personnel: l'individu résidait sur Hauterive sur Allier.

La Milice

Liousse informa le Procureur de la république Antoine Fouquier des derniers développements lui demandant une ordonnance l'autorisant à perquisitionner l'habitation de Léon Senati. L'ambitieux procureur, très contrarié par l'embourbement de l'enquête, espéra enfin une avancée significative qui lui permettrait de répondre aux interpellations critiques de la Chancellerie, donna sans barguigner son accord et envoya l'ordonnance par fax une heure plus tard.

Liousse, renforcé de deux gardiens de la paix, sonna dès huit heures du matin le lendemain à la porte du suspect.

Un individu chétif, au visage usé, traîna la savate jusqu'à sa porte qu'il entrebâilla. Découvrant les policiers, il les surprit en déclarant :

« Je vous attendais depuis hier. Vous avez été un peu long à comprendre mon rébus. Entrez, il doit rester un fond de cafetière si ça vous tente. »

Il leur tourna le dos et prit le chemin de sa cuisine sans attendre leur réponse.

Cette manière de procéder n'était pas dans le manuel et Liousse se crut obligé de lancer au bizarre bonhomme :

« Veuillez rester où vous êtes pendant la perquisition ! »

« Vous ne voulez pas de café » interrogea, déçu, l'homme.

« Bon; faites comme chez vous. »

Il s'assit dans une bergère décorée d'une dentelle du Puy, posa ses deux mains, paume en l'air et attendit la suite des événements.

Liousse, conscient du flottement de ses troupes, tenta de reprendre le manche.

« Etes-vous Léon Senati ? »

« Oui; qui voulez-vous que je sois ? »

Liousse exhiba dûment à l'ex employé de la Compagnie Fermière de Vichy l'ordonnance de perquisition que l'autre ne daigna même pas regarder. Il le confia à la garde d'un des gardiens de la paix et entama sa visite domiciliaire.

Le salon où les avait entraîné Senati offrait une collection de vieux fauteuils en peluche roussâtre et un buffet massif Henri III en chêne teinté. D'affreuses tapisseries, de cerfs aux abois forcés par une meute braillante de chiens courants, et de bergères s'ennuyant au clair de lune des fadaises d'un berger énamouré, ornaient les murs. Un énorme poste de télévision à tube faisait face à la bergère. Senati, silencieux, semblait perdu dans la contemplation hypnotique de l'écran éteint.

Rien de notable. Un remugle de pièce fermée, une forte puanteur animale. Le type ne se lavait peut-être pas ?

Ouvrant la première porte ouvrant sur un petit couloir, Liousse entra dans une cuisine de célibataire. Un bol de faïence grossier, un paquet de biscottes, une antique cafetière italienne. Pauvre mais propre. L'odeur y était pourtant plus forte encore, acide, alcaline, une odeur de pisse. Liousse croisa le regard de l'agent qui fronçait le nez de dégoût.

Le silence du pavillon, son isolement au bord d'un chemin forestier, tout cela troublait les deux policiers. Liousse s'assura que l'autre était muni de son arme de service, lui n'en portait jamais, détestant les armes à feu.

Ils ressortirent dans le couloir et se dirigèrent vers la seconde porte, fermée. Ouvrant doucement la porte, ils reçurent en plein nez une exhalaison nauséabonde tout en sentant un frôlement sur leurs jambes. Trois gros chats avaient profité de leur irruption pour s'enfuir tandis que deux autres restaient couchés, énormes, menaçants sur la courtepointe eau de vie du lit. La pièce puait le greffier, la pisse de chat non castré, la crotte de matou aussi. Liousse et Paul Vendat reculèrent un instant chassés par l'odeur de zoo se dégageant de la chambre du reclus.

Le petit homme se précipitait dans le couloir en rappelant ses chats. Le gardien de la paix Frelastre le suivait, répétant de manière ridicule : « Arrêtez-vous ! Arrêtez-vous ! »

« Il ne veut pas obtempérer, chef ! » s'excusa, penaud, le poursuivant.

Liousse regarda le misanthrope rassembler son cheptel félin et les réinstaller, un par un dans la chambre à coucher - chenil. Les noms donnés aux animaux le surprirent. C'était non pas les 'grisou', 'minet' ou 'noiraud' habituels mais des prénoms humains. Philippe, Paul, Léon, Pierre et autres prénoms. Quelle drôle d'idée ? Ce type était d'évidence un peu timbré mais ce choix ne pouvait être anodin.

« Pourquoi Philippe ou Léon ? » interrogea-t-il le félidophile

« Décidemment, vous n'êtes pas doué pour les devinettes, Lieutenant. Philippe parce que Philippe Pétain; Léon parce que Léon Doriot… »

« Complètement frappadingue, le zig » pensa Liousse « mais cela n'en fait pas un assassin. »

Les chats parqués, Senati consentit à retourner à sa place dans la bergère.

Liousse décida de poursuivre la perquisition.

« Si je dis au Procureur que la seule chose que j'ai découvert, c'est une bande de matous obèses chez un dingue, ma côte va passer en dessous de zéro. » pensa-t-il.

Une porte au bout du couloir ouvrait sur une cave. Liousse alluma et descendit, l'agent Frelastre sur les talons. La cave sentait l'humidité, le vin éventé mais aussi l'encens ! Arrivé à la dernière marche, Liousse découvrit un musée à la glorification de la Milice.

Liousse parcourut la stupéfiante galerie. Un selfie du maître des lieux en uniforme de Franc-Garde de la Milice accueillait les visiteurs. Liousse s'attarda devant l'image satisfaite du jeune type qui ressemblait au fada aux chats. Non, à y regarder de plus près, ce n'était pas Léon Senati mais son grand-père, assassiné en 1944, précisait une étiquette. Un fac-similé, sous verre, de la loi du 30 janvier 1943 fondant la Milice française poursuivait l'exposition. Des photographies de Laval, son Président en titre et de Joseph Darnand, son dirigeant opérationnel, de Paul Touvier également. De grandes affiches glorifiant la Milice française, des cartes de francs-gardes, des casques et des poignards marqués du gamma grec

, le logo de la Milice, des photos des batailles des Glières, du Vercors, du Mont Mouchet où la Milice avait combattu avec les troupes allemandes les maquis. Des drapeaux également et de multiples photographies de groupes de miliciens à l'entraînement paramilitaire, paradant, fusillant des résistants. L'épuration et la photo de miliciens exécutés sommairement, dont celle de Senaty, concluaient la sinistre revue.

Où il est question de François Mitterrand et de Guy Ligier

Fasciné, horrifié mais perplexe, Liousse remonta à l'étage pour interroger la réincarnation de Senati.

« Je vois que vous avez une impressionnante collection sur la Milice française mais cela ne me dit pas pourquoi vous m'avez déposé ces photos de votre grand-père et du château des Brosses; moins encore ce que Guy Ligier vient faire dans cette affaire. »

« Je vois que vous n'avez rien compris, lieutenant. Dommage, je voulais vous mettre sur la piste du coupable des crimes vichyssois. »

« Donc, ce n'est pas vous le coupable ? »

« Bien sur que non. D'ailleurs, j'ai un alibi. »

« Ah bon ? Lequel ? »

« Je ne suis pas sorti de chez moi durant tout le mois d'août. C'est quand j'ai vu à la télé que les meurtres se poursuivaient et que la police ne faisait rien pour arrêter le coupable, que j'ai décidé de vous mettre sur la piste. »

« Cela ne fait pas un alibi. »

« Puisque je vous dis que je ne suis pas sorti de tout le mois dernier ! Il fait trop chaud en août et c'est plein de curistes à moitié nus Vichy en ce moment. Je suis resté avec mes chats, à l'ombre. »

Comprenant que les chats étaient les seuls garants de l'alibi, Liousse n'insista pas mais demanda :

« Si ce n'est pas vous, qui est le coupable, selon vous ? »

« Il faut vraiment tout vous expliquer. C'est pourtant limpide. A ce qu'ils appellent la Libération, les Forces Françaises de l'Intérieur ont exécuté mon grand-père. Le château des Brosses qui était le siège de la Milice a été saccagé puis vendu à Guy Ligier à bas prix. »

« Et… ? »

« Et Ligier y accueillait François Mitterrand quand il venait jouer au golf dans le coin et aussi pour y cacher sa maîtresse du jour. »

« Ce qui reste sans lien avec les crimes récents. »

« Mais si ! Vous n'êtes pas sans savoir que le passé vichyste de Mitterrand est ambigu. Décoré de La Francisque, thuriféraire du Maréchal, l'ancien Président socialiste a séjourné ici à Vichy entre janvier 42 et novembre 43. Il a retourné sa veste pour se faire un costume de résistant de la première heure. Quelle blague ! »

« Et… ? »

« Et Ligier a aidé Mitterrand à faire disparaître des preuves de son passé collaborationniste. »

« Tout cela, ce sont des accusations sans preuves. »

« J'ai des preuves dans les archives de mon grand-père du double jeu de Mitterrand. Je les produirai en temps voulu et comme je suis sur la liste du tueur en série, j'ai décidé de vous aider à le coincer. »

« Qu'est-ce qui vous fait croire que vous êtes menacé ? »

« Puisque je vous dis que j'ai des preuves sur la duplicité de Mitterrand ? »

Liousse désespérait de voir la moindre cohérence dans les propos délirants de l'ermite mais tira le fil offert.

« Mais pourquoi Guy Ligier aurait-il mis la main à la réécriture de l'histoire ? »

« Vous ne trouvez pas surprenant cette amitié entre les deux hommes ? Mitterrand était un politicien ambitieux. Qu'est-ce qui pouvait l'intéresser, selon vous, chez un garçon boucher, premier métier de Guy Ligier ? »

« La réussite de l'entrepreneur automobile, le caractère du grand sportif, le coureur automobile, le chef d'entreprise, l'homme… »

« Ligier n'aurait jamais pu créer son entreprise sans le soutien de Mitterrand. Le circuit de Magny-Cours, c'est le fait du prince. Le financement avec l'argent du contribuable d'un joujou pour Ligier et son écurie. Non, vous ne voyez toujours pas ? »

« Non » répondit d'une voix énervée Liousse, fatiguée du petit jeu de devinettes délirantes du nostalgique de la Milice.

« Bon, je vous donne la dernière clé puisque vous ne devinez pas. Cherchez la femme ! En l'espèce, la mère de Guy Ligier, qui était veuve, recevait beaucoup à son domicile du quartier Jeanne d'Arc pendant l'Etat de Vichy. Mitterrand a du la rencontrer à cette époque. Elle a du le convaincre que Guy Ligier était son fils spirituel ou bien est-ce Ligier qui s'est fait ce roman qui l'arrangeait dans sa volonté de trouver des appuis chez les politiques à son entreprise de BTP. Ligier c'est le Tapie vichyssois, c'est vous dire ! »

Liousse l'interrompit, énervé :

« Tout cela ce sont des insinuations, des ragots, des on-dit, rien de prouvé et sans lien avec les crimes. Vous portez atteinte, sans preuves, à la mémoire de Guy Ligier. Incidemment, Mitterrand avait quatorze ans à la naissance de Guy Ligier et vingt-cinq quand il a séjourné à Vichy à partir de janvier 1942. Une amitié entre un Mitterrand, ancien combattant, évadé de son Stalag, et un gamin anonyme est non crédible. D'ailleurs, aucun historien ne fait état d'une relation entre Mitterrand et la famille Ligier pendant la guerre. Quand à la cabale sur la passé vichyste de Mitterrand, la vérité historique est qu'il s'est enfui de Vichy le 11 novembre 1943, alors qu'il allait être arrêté par la Gestapo qui avait découvert son activité de résistant. Jean Renaud et Pol Pilven, membres du réseau de Morlan (nom de résistant de Mitterrrand), furent arrêtés à son domicile. Seul Pol Pilven survécut à leur déportation. Donc votre histoire, c'est du roman et du mauvais roman, pire de la diffamation. »

« Mais si ! Les crimes récents ont été commis par la clique des judéo-maçons socialistes qui contrôlent la ville depuis les manigances de Ligier et Mitterrand. Ils veulent la peau de cette couille molle d'Oridot pour faire basculer la ville à gauche et la vendre aux chinois. »

Liousse s'en voulut d'être tombé dans le piège du provocateur en ouvrant ses lettres délatoires. La paranoïa de Léon Senati était palpable. Sa connaissance de la Compagnie de Vichy en faisait certes un suspect crédible pour le crime du curiste des Célestins et de la balnéothérapie mais le cacochyme révisionniste semblait trop dérangé pour organiser la série de crimes en passant inaperçu de ses anciens collègues.

Liousse revint à son bureau et appela Jean Fouché, l'inspecteur des RG, pour avoir des informations sur le paranoïaque Senati.

« Vous avez rencontré Senati ? Bien sur que je le connais. Il a adhéré à tous les groupuscules facho : Occident, Action française, le Front national dont il a démissionné avec fracas en juin dernier pour protester contre la déchéance de sa présidence d'honneur infligée à Jean-Marie Le Pen par sa fille Marine. Il jugeait déjà le père sévèrement, trop modéré à son goût, alors la fille empapaoutée par son gay énarque, vous imaginez ! »

Liousse fut une fois de plus impressionné par la connaissance de Fouché, étonné de sa trivialité de commis voyageur assaisonnée de références littéraires, et mal à l'aise par les ragots de bignole qu'il déversait par tombereaux. Fouché devait assister aux séances de la cellule Front national de Vichy pour être aussi bien informé. Franc-maçon et FN, c'était Fregoli cet homme là !

« Le bonhomme est fou mais, à mon humble avis, inoffensif. Un homme qui aime autant les chats ne peut aimer les hommes mais de là à les trucider, non je ne crois pas. Au surplus, avec sa dégaine de SDF, il ne serait pas passé inaperçu s'il était l'empoisonneur. Senati a le physique de Léautaud et l'antisémitisme de Céline ! »

« Et puisque nous en sommes au Front national vichyssois, vous connaissez d'autres bons citoyens qui en seraient membres pour mon information. »

« La section Front national compte une trentaine d'encartés mais bien plus de sympathisants. Oridot ne se serait pas fait élire sans les réseaux d'extrême droite. Ils étaient présents à la Mairie et au sein de la police municipale déjà du temps de Schwob. Quelques petits commerçants aigris, un ou deux gros bras débiles, quelques bourgeois comme Edouard de la Musardière ou le docteur Ducray. La Compagnie Fermière de Vichy abrite quelques spécimens d'extrême droite depuis que Leven du groupe Perrier a fait des coupes dans les rangs des 'fat cats' de direction… fat cats, gros chats, c'est de l'anglais. »

« De la Musardière et Ducray ! Des alliés de Oridot »

« Oui, absolument; c'est la fraternelle des droitistes contre la fraternelle maçonnique qui jouent un jeu de bascule à Vichy. Au moins le docteur Ducray joue à cartes ouvertes, il est adjoint à la culture de Oridot tandis que de la Musardière dissimule son affiliation au micro parti fondé par Oridot. La Compagnie Fermière de Vichy a l'habitude de nommer un Directeur proche des couleurs du maire en place et de la Musardière a réussi à faire croire au siège, pour se faire nommer du temps du maire précédent, qu'il était non inscrit mais en bon termes avec Schwob grâce à des amis de sa femme, Virginie. Ensuite, il a obtenu l'onction publique de Oridot d'où son maintien malgré l'alternance. Il est comme ces parisiens qui se promenaient avec l'Evangile dans une poche et l'Ancien Testament au moment de la Saint Barthélemy.

Liousse comprit mieux certaines attitudes, silences, sous-entendus des protagonistes. La politique dirigeait la ville bien plus que les histoires de fesses. C'était même la piste principale, s'enthousiasma le jeune enquêteur qui ajouta quelques lignes à son carnet de route :

Senati, ex employé de la Compagnie de Vichy, nostalgique de la Milice, suspect bien que dingue ?

Complot judéo-maçonnique-socialiste fait flores à l'extrême droite

Oridot, de la Musardière, Ducray, Senati : même combat ?

Eagle

Ce samedi 29 septembre, le Sporting club de Vichy organisait le 1er trophée d'Auvergne Golf-bridge. Cent dix joueurs s'étaient inscrits pour tenter de remporter le trophée de la Compagnie Fermière de Vichy : un presse papier figurant un joueur de golf en cristal.

Au départ du trou numéro 7, Steve Stableford et Paul Ducray bavardaient gaiement avec Sophie Ducray et Pascal Dupin qui jouaient en mixte. Ils attendaient leur départ appuyés avec élégance sur leurs sacs de golf griffés. Une fois de plus ils parlaient clubs de golf. Stableford jouait des Slazenger, Ducray ne jurait que par les Ping tandis que Dupin vantait les qualités de sa série

Daïwa. Pour les drivers, ils étaient d'accord que les Callaway restaient inégalés.

La compétition de golf se jouait en scramble à deux, en shot gun. Scramble : chaque joueur de l'équipe jouant individuellement une balle, tous les équipiers jouent le coup suivant au niveau de la meilleure balle. Le shot gun, en bon français : départs simultanés, permettait de faire démarrer par un coup de sirène une partie de golf simultanément à plusieurs groupes de joueurs depuis plusieurs trous du parcours.

Le temps était parfait pour leur départ prévu à 8:30; les greens, arrosés à l'aurore seraient encore roulants, tandis que les fair ways resteraient encore à l'ombre des platanes, sapins, hêtres, peupliers et tulipiers presque centenaires.

Le golf c'était tout à la fois un passe-temps, un sport d'adresse et un concours d'élégance. L'étiquette interdisait les bermudas et T-shirts. Vêtus de pantalons écossais et des polos Crocodile de couleurs criardes, les joueurs ressemblaient à des oiseaux du paradis. Le chic était dans le choc de couleurs, un camaïeu aurait été jugé de mauvais goût.

L'après-midi se déroulerait, dans les salons du Carlton, le tournoi de bridge.

Stableford et Ducray avaient les meilleurs handicaps, Stableford jouait scratch, Ducray +5 mais la paire Sophie Ducray - Pascal Dupin leur était bien supérieur au bridge et donc la victoire finale était incertaine.

Après une heure de jeu, les quatre joueurs se présentèrent au départ du trou numéro onze, un par 3 sans difficulté de 125 mètres, avec un green légèrement pentu et protégé par un bunker. L'idéal était soit de toucher le green en un, en jouant long, ou d'assurer le par en jouant devant le green juste avant les bunkers qui défendaient le trou. Stableford, sans surprise le meilleur joueur d'entre eux quatre, depuis le début de la partie, se mit à l'adresse le premier sur le départ. Il connaissait le parcours par cœur, faisant son parcours chaque jour. L'absence de vent lui permettait de tenter sans hésiter un birdie et il frappa avec un fer 3 pour toucher le green juste derrière le trou. Les trois autres joueurs virent sa balle s'élever avec un léger lob, toucher le green à une dizaine de centimètres seulement du trou et, entraînée par le devers du green, vint tomber dans le trou.

« Eagle ! » commentèrent, admiratifs, ses partenaires qui s'étaient tenus légèrement en arrière, à gauche, dans le dos du joueur pour ne pas le gêner dans son swing.

Stableford tenait encore son club dans la main gauche en suivant la trajectoire de sa balle, la main droite en visière. Brusquement il porta cette main à son oreille en lâchant sa cane et tomba entre les plots blancs du départ, mort.

Ses trois amis se précipitèrent. D'un trou sur sa tempe droite coulaient du sang et des humeurs blanchâtres.

Le lieutenant Liousse, lassé de faire des sprints à bicyclette, demanda au gardien Frelastre de le conduire et, c'est en véhicule sérigraphié qu'il arriva en cinq minutes seulement sur le parking du golf, chassant le trafic à coups de sirène deux tons, mais il lui fallut encore quinze minutes pour rallier en voiturette électrique le trou numéro 11.

Au regard de la topographie des lieux et de la position de la victime, le coup avait du être tiré, estima le policier, derrière l'alignement d'arbres, distant d'une cinquantaine de mètres, séparant le parcours de la promenade le long de l'Allier. N'importe qui avait pu se glisser par dessus la barrière à hauteur d'homme, attendre l'arrivée des joueurs puis tirer avec un fusil, voire un pistolet à lunette, équipé d'un silencieux. Le coup était assuré à cette distance. L'heure matinale permettait au tueur d'espérer entrer et disparaître par la promenade du plan d'eau sans être aperçu.

Sachant que tout bouclage du plan d'eau était inutile vingt minutes après le tir. Liousse décida de lancer un appel à témoins auprès des participants de la partie de golf ainsi que dans le journal La Montagne du lendemain.

Les joueurs suivants, ignorant les événements, se présentaient déjà au départ du 11. Liousse du demander au cadet master de lancer un coup de sirène pour alerter tous les joueurs.

La journée était gâchée. Les joueurs se rapatrièrent sur le clubhouse et, malgré l'heure matinale, commandèrent des alcools pour commenter gravement l'assassinat du champion du club. Chacun parlait fort, commentant ses premiers coups prometteurs, la perte du capitaine de l'équipe de golf, critiquait l'impéritie de la police, l'outrage fait à leur sport, si pacifique et bien élevé.

Liousse revint perplexe au commissariat. « Mes soupçons de plus en plus avérés contre les docteurs Ducray et Dupin prennent du plomb dans l'aile, si je puis m'exprimer ainsi. » pensait le policier. « Me voila revenu à la case départ ! »

Il tourneboulait ces sombres pensées dans sa tête quand il reçut un appel. Maman s'afficha sur l'écran ;

« Joyeuse fête, mon poulet ! » annonça d'une voix enjouée sa maman, poursuivant « Tout se passe bien ? Pas trop fatigué par la canicule ? J'ai vu qu'il faisait des 40 degrés au soleil à Vichy ! »

Le 29 septembre, c'était en effet la Saint Raphaël. Raphaël avait oublié sa fête. Raphaël, Dieu guérit en hébreu. Raphaël, l'un des trois archanges, représentant la force de la guérison, est le saint patron des voyageurs.

« Oui, maman, c'est gentil d'y avoir pensé mais évite de m'appeler mon poulet et puis tu pourrais aller mettre un cierge pour moi à Saint-Raphaël, cela m'aiderait. »

« Un cierge à l'église ! Tu as des soucis ? » demanda inquiète la maman.

« Non, juste une blague » répondit le fils, se reprochant d'avoir dévoilé ses tracas. Tout va bien, Vichy est une ville charmante ! »

Il ne le pensait pas vraiment, partageant l'opinion sévère de François Mitterrand qui avait écrit en 1942 :

Vichy est une ville affreuse, pas désagréable. Laide avec rien qui arrête le regard ; des villas prétentieuses plantées là, selon le goût douteux de grosses femmes. On devrait raser les villes d'eau, nos imbéciles de petits enfants les trouveront belles parce qu'anciennes.

Raphaël embrassa au téléphone son affectueuse mère juive après avoir acquiescé à ses multiples injonctions de « bien se couvrir le soir car les soirées sont traîtresses, bien manger et essayer d'aller à la synagogue de temps en temps ».

Puis par méthode, plus que par inspiration, il poursuivit la rédaction de la chronique de son enquête chaotique :

Assassinat par balle de Steve Stableford innocente (?)
Ducray et Dupin présents sur les lieux

Le croate

Liousse désespérait un peu ce lundi 28 septembre, en lisant avec son troisième café du matin, les résultats de l'autopsie et de l'analyse balistique : une balle subsonique 22 Long Rifle à tête creuse, avait été retrouvée dans le crane de Steve Stableford. La balle, moins rapide qu'une balle à tête pleine, avait explosé à l'impact, causant un dommage maximal ne laissant aucune chance à la victime. Un travail de tireur expérimenté voire de professionnel avec un pistolet de précision à silencieux. A la distance du tir, moins de cent mètres, avec une lunette, la précision était certaine tandis que l'atténuation du bruit, avec un silencieux, était maximale. Le coup n'avait produit que le bruit d'un gravier, d'une brindille cassée, quasiment inaudible à quelque distance du tireur. Un pistolet de compétition avait permis à un bon tireur d'assurer sa cible et avait été aisé à dissimuler dans un sac à dos, par exemple, permettant au tueur de repartir en jogger inoffensif sur le parcours qu'avaient emprunté les coureurs de l'Iron man. Liousse n'espérait guère retrouver le tueur. Un travail de pro.

Qui pouvait avoir le mobile et les moyens pour embaucher une gâchette pour tuer un golfeur dont le seul tort apparent était de basculer sur les greens les épouses de ses partenaires de golf ?

Liousse savait maintenant qu'il y avait au moins deux tueurs en chasse dans les rues de la station thermale : un empoisonneur, ayant des connaissances de chimie ou de médecine et maintenant un second tueur, peut-être un mercenaire. Le suspect jusqu'à présent en tête de liste, Dupin, trouvait un alibi presque trop parfait dans le meurtre du golfeur. Et si ce meurtre avait été commis justement avec comme seul mobile de dédouaner l'anesthésiste ? Intuitivement, Liousse ne réussissait pourtant pas à associer l'apparente candeur du médecin avec la psychologie d'un tueur en série. Certes, il avait l'intelligence pour manigancer la série de meurtres et les moyens financiers pour s'offrir les services d'un tueur en série mais faire tirer dans la tête de son partenaire de golf à distance, alors que l'on se trouve à quelques mètres de la victime, suppose un sang froid rare.

Liousse lut le papier de l'édition du jour de La Montagne rédigé par Maurice Sancy sur le meurtre de la veille ainsi que l'encart sur l'appel à témoins de la police. Il ne lui restait plus qu'à attendre le prochain crime. Le ou les assassins le nargueraient jusqu'à ce qu'il trouve enfin la clé de leur macabre rébus.

Mélissa frappa à la porte toute excitée :

« Raphaël, il y a à l'accueil un retraité qui dit avoir vu un type sauter par dessus la barrière du golf hier matin ! »

« Enfin ! » dit Liousse.

« Fais le monter », se reprochant ce tutoiement qui n'échappa pas à la sémillante créole.

Le témoin était un papi portant dans ses bras un bichon qui gigotait, pas rassuré, craignant peut-être que le policier soit à nouveau le vétérinaire qui lui avait fait subir un détartrage la veille. L'ébouriffé canin montra, en grondant sourdement, des dents de rat de fait toutes blanches au lieutenant.

« Lenfant Robert. » dit le petit homme comme à l'appel des présents à l'école.

« Voilà; j'ai lu le journal et comme vous demandez des témoins… je promenais Loulou hier matin, comme chaque matin, à la fraîche, sur la promenade qui longe le golf. Je marche un kilomètre tous les matins ! Ca vaut tous les médicaments me dit mon médecin, il est très bien mon médecin… Bref, sur le coup de neuf heures, je me souviens de l'heure précise parce que j'ai entendu les cloches de Saint Blaise sonner, j'ai vu un gars en short escalader la barrière du golf. J'étais à une centaine de mètres en train de ramasser la crotte de Loulou et je l'ai vu quand je me suis redressé. Pas longtemps mais je l'ai vu. »

« A quoi ressemblait-il votre individu ? »

« Un gars, pas une fille. J'étais loin, je l'ai seulement aperçu. »

« Vous souvenez vous d'un détail ? Vestimentaire, sa couleur de cheveux, son âge… »

« Jeune; je dirai entre vingt et trente ans à voir son agilité à sauter d'un bond la barrière. »

« ... et ? »

« ... et, c'est tout ce dont je me souviens. »

« Bon, je vous remercie monsieur; c'est très bien de votre part d'avoir pris le mal de venir jusqu'au commissariat. Le gardien de la paix ici présente va prendre votre déposition. Merci. »

Le petit vieux tourna les talons, déçu que l'interrogatoire soit déjà achevé. Il se dirigea vers la porte que lui ouvrait prudemment Mélissa qui se méfiait du spitz nain qui se prenait pour un lion. Un instant avant de sortir, le promeneur du lac se retourna vers Liousse en s'exclamant :

« Ah ! Si, un détail. Le gars était tatoué à l'épaule gauche, des grandes lettres genre gothique. »

Liousse eut un frisson en se disant qu'enfin le fil des recoupements tiendrait peut-être. Il ouvrit son portable et retrouva la photo prise par Sandra Spritz du croate détournant la tête mais exposant son épaule, qu'il montra au promeneur matutinal qui chaussa ses lunettes pour mieux voir.

« Oui, cela y ressemble. A cent mètres, je ne peux rien affirmer mais je suis sur que c'était bien des grandes lettres bizarres comme celles là. Je vois très bien de loin depuis que je me suis fait opérer il y a un mois d'un glaucome. C'est quoi d'ailleurs comme écriture ces caractères ? »

« Je ne sais pas encore mais je vous remercie vivement de votre concours précieux monsieur Lenfant. » affirma avec entrain le policier.

Liousse fit publier un avis de recherche avec le nom et la photo agrandie du tatouage du croate.

« Je ne sais pas s'il faut chercher la femme mais c'est une femme qui m'apporte enfin la première clé ! » pensa le policier qui nota joyeusement :

Meurtre du golf : Grebsa, principal suspect ! Rechercher origine de l'écriture du tatouage / Commanditaire de Grebsa ?

Rotary

Le club Rotary de Vichy se réunissait comme tous les jeudis au 23 de la rue du Parc dans un immeuble dont il était propriétaire. Fondé en 1925 et fort de 47 membres, le club réunissait la gentry vichyssoise, snobant le Lions club, concurrent jugé moins sélectif dans sa cooptation de nouveaux membres.

Le Rotary ronronnait gentiment autour de quelques rares conférences sur 'les micro-organismes sont-ils nos amis ?', 'le virus Ebola', un tournoi de golf, une brocante. L'activité principale était de se réunir pour manger et papoter 'entre gens du même monde'.

Le Président, nouvellement élu, Bernard Aznavourian, était un jeunot de cinquante huit ans. Comme tous ses prédécesseurs, il s'était promis de dynamiser le club, mais en souplesse. Il attendait beaucoup du dîner débat avec le maire Jacques Oridot et le directeur de la Compagnie Fermière de Vichy Edouard de la Musardière sur le thème 'Renouveau du thermalisme à Vichy'. La conférence, programmée depuis six mois pour la réunion de rentrée du club, ce jeudi 1er octobre, prenait à la lumière de l'hécatombe de curistes de l'été, « une actualité brûlante comme disent les journalistes » selon le verbatim du Président dans son mot d'accueil qu'il avait répété devant sa glace avec son épouse comme public.

Bernard Aznavourian, soucieux de rassurer ses membres effrayés par les assassinats récents commis lors d'événements publics à Vichy, avait jugé habile d'inviter le lieutenant Liousse qu'il avait mis à une table au fond de la salle car, après tout, ce n'était qu'un petit lieutenant. Liousse avait accepté l'invitation conscient qu'une partie de la résolution de l'énigme de ces meurtres à répétition se trouvait dans une haine secrète entre ces bourgeois bien pépères et indifférent à ce que le président du club mondain lui fasse jouer les gardes du corps du troisième âge embourgeoisé.

Une soixantaine de personnes s'étaient inscrits. Un vrai succès ! Michelle Caracalla, la chef du protocole avait du même faire rajouter une table près de la sortie. Le Président avait informé depuis un mois trois membres qu'il leur demanderait d'intervenir, leur demandant d'écrire leur question à l'avance et de les lui communiquer pour que ses invités puissent préparer leurs réponses. Il avait osé retoquer la question jugée par lui un peu trop polémique 'Comment sauver le thermalisme à Vichy ?' à la fureur du vieux médecin, chef d'hôpital en retraite qui dut revoir, vexé, sa copie en 'Comment attirer plus de curistes à Vichy ?'. Le mandarin s'était assis sans saluer le Président pendant le pot d'accueil : kir auvergnat, sirop de châtaigne et vin de Saint-Pourçain.

Les hors d'œuvre étaient sur table. Les retraités regardaient la rondelle de 'saumon en gelée, roquette et sauce à la diable' avec regret car il leur faudrait attendre le propos d'accueil puis celui du maire avant de pouvoir commencer à manger. Il était déjà sept heures trente, heure tardive pour les organismes réglés pour dîner après Questions pour un champion et avant le Journal de 20h. Certains malpolis avaient entamé le saumon mais sous les 'chut' expirés par leurs voisins avaient laissé leur bouchée en l'air n'osant reposer leur fourchette, figés comme la femme de Loth.

Oridot était dans son jardin devant cette assemblée. La cabale sur son invitation hasardeuse de chinois à Vichy était, sinon oubliée, du moins oblitérée par les commentaires sur le 'meurtre du trou n° 11' comme le désignaient les nombreux golfeurs présents ce soir. Comme avait dit avec humour, le député maire, ancien ministre, André Santini, un centriste qui n'était pas des amis du maire, les médias c'est comme le pinceau d'un phare, si on est piégé, ne pas bouger car on sait que bientôt le faisceau de lumière va tourner. Par une habilité de prétoire, le maire flatta le chauvinisme des rotariens vichyssois en faisant l'éloge de leur 'contribution majeure à la solidarité locale et à la vie associative', 'reconnaissant autour de la salle, des piliers de l'économie vichyssoise' et autres gracieusetés, la menue monnaie des politiques en campagne sur un marché en plein air. Oridot, en bon politique, ne disait rien mais discourrait, faisant résonner la dizaine de mots clés que son auditoire avait envie d'entendre : Vichy reine des villes d'eau, Napoléon III, renouveau, bénéfices démontrés des cures thermales… Il eut le bon sens de ne pas attaquer, en ce lieu quiet, le bilan de son prédécesseur. Il se dit « optimiste et résolu que les tristes événements récents dépassés et les criminels châtiés, Vichy retrouverait sérénité et prospérité ».

Des applaudissements polis saluèrent sa péroraison. Le Président Aznavourian dit à voix haute « Bravo ! » et les travaux masticatoires purent débuter dans l'intervalle entre le plat de résistance et le discours du directeur de la Compagnie Fermière de Vichy qui siégeait à la table d'honneur. De la Musardière applaudit sans bruit, frappant des mains sans produire aucun son, le discours de l'élu rubicond.

Le 'magret de canard sur son lit de choux braisés' fut servi et Edouard de la Musardière se dressa pour faire face à l'assistance afin d'être mieux entendu. Le directeur de la Compagnie Fermière de Vichy se félicita des chiffres du nombre de curistes « qui avait cessé de décroître ». On entendit alors une voix forte commenter : « C'est comme Hollande qui voit dans le chômage qui augmente moins vite, un satisfecit de sa politique ! ». Tous les convives se tournèrent vers le médecin chef qui, bien que dur de la feuille, refusait de s'appareiller et parlait de plus en plus fort au fil des années. Certains commensaux, croyant à un dîner débat, appuyèrent la sortie du médecin par des « Très bien ! Bien dit ! » Aucune voix dissonante ne se fit entendre. Aznavourian lança un regard assassin au mandarin qui ne comprit pas pourquoi. Le directeur, sans se démonter, poursuivit d'une voix égale son propos, infligeant la litanie des réalisations de la Compagnie Fermière de Vichy, ne leur épargnant pas une verrière restaurée, pas une source rénovée, aucun massif de fleurs rafraîchi. Comme le maire, il passait sous silence, avec des pudeurs de jeune fille, les crimes en série qui effrayaient ses concitoyens. Evitant les effets de manche et les emphases de l'orateur précédent, le directeur ennuyait son auditoire, consciemment et volontairement. Certains convives regardaient sans se cacher leur montre jugeant la soirée un peu longue et puis, ces dîners débats avec leur tralala, les empêchaient de bavarder tranquillement avec leurs voisins de table. On entendait, chuchotés à voix haute, par des veuves malentendantes des « Et comment vont vos enfants ? ». Le directeur en arriva enfin à sa conclusion. Le Président fit passer un mot aux trois intervenants, frustré, les informant que, vu l'heure avancée, il n'y aurait pas de débat.

De la Musardière énuméra une nième liste d'actions de la Compagnie Fermière de Vichy pour les années futures et, ayant largement dépassé son temps de parole, se rassit sous les soupirs de soulagement des séniles affamés. Les extras passèrent entre les tables pour servir le dessert : un 'moka deux chocolats glacé' que Jacques Oridot écarta d'une main demandant un fruit. « Je suis cohérent, je fais des coupes dans le gras du ventre comme dans celles des dépenses inutiles » blagua-t-il lourdement à voix haute pour que trois tables profitassent de son humour de commis voyageur.

Le gâteau du maire échut donc à son voisin, Edouard de la Musardière dégustait le moka le petit doigt en l'air quand il fut pris de vertiges et de suées. Il s'écroula, sa tête renversant le fanion du Rotary posé au centre de la table; il était mort.

Liousse se précipita du fond de la salle, ordonnant de ne toucher à rien. Il fit retenir les serveurs en cuisine par le président Aznavourian et intima à chaque commensal de la table d'honneur de ne pas bouger. L'assistance rotarienne assistait, la cuillère en arrêt, à l'incroyable dénouement de ce dîner de gala.

Le gâteau enfermé dans un plastique ainsi que l'assiette et les couverts, le lieutenant interrogea l'un après l'autre les convives de la table d'honneur puis les serveurs. Personne n'avait rien remarqué. Les pâtisseries avaient été livrées en cartons par le traiteur et servies de manière aléatoire, expliquèrent les extras.

Les mokas entamés restèrent sur les assiettes des convives qui se séparèrent dans la confusion. Certains se plaignaient déjà d'aigreurs à l'estomac et s'enquéraient, inquiets, auprès du tonitruant hospitalier des éventuelles antidotes. Ce dernier, furieux d'avoir été rabroué comme un gamin par « ce galopin d'Aznavourian » ne les rassura pas complètement en déclarant : « Si vous étiez empoisonnés, vous seriez déjà morts, donc vous n'avez rien ! »

Selon sa maintenant routinière procédure, Liousse, de retour avenue Victoria, expédia en urgence les échantillons de moka au laboratoire et attendit les résultats de l'autopsie ne doutant pas de l'empoissonnement.

Il compta à nouveau le nombre de défunts.

« 8 de chute ! » plaisanta-t-il amèrement « heureusement que ce n'est pas un contrat de bridge. Espérons qu'à dix, ce maniaque se repose. »

Quelque chose clochait pourtant dans ce dernier meurtre. La victime n'était, pour la première fois, pas un anonyme tiré au hasard mais le directeur de la Compagnie Fermière de Vichy, l'un des principaux protagonistes du drame vichyssois. Le tueur avait ciblé sa victime. C'était avec le golfeur, la seconde victime désignée. Jusqu'à ces deux deniers crimes, l'assassin frappait au hasard. Pourquoi ce changement de mode opératoire ? Assassiner le directeur de la Compagnie Fermière de Vichy désignait clairement la Compagnie Fermière de Vichy comme l'objet de la haine du meurtrier mais, la piste chinoise écartée, ainsi que celle d'un ex employé vindicatif, qui pouvait avoir un mobile assez fort pour semer ainsi les morts ?

La nuit était tombée depuis plusieurs heures sur la ville jusqu'alors si paisible. Raphaël rédigea les lignes quotidiennes de son carnet vade mecum :

1er octobre

Edouard de la Musardière, Directeur Compagnie Fermière de Vichy : 8e victime lors du dîner Rotary / Empoisonnement ? / Victime ciblée / Compagnie Fermière de Vichy, facteur commun des crimes / Mobile du (des) tueur(s) ?

Le policier referma son carnet et rejoignit sa chambrette de service se demandant quel film il pourrait visionner pour vaincre son insomnie. Il tapa « Films+vichy » sur Google et obtint plusieurs neuf réponses. Il se décida pour *En effeuillant la marguerite,* film de Marc Allègret avec Brigitte Bardot et Daniel Gelin mais qualifié de nanar par le blog de cinéphiles auquel participait Raphaël.

Le générique du film commençait à s'afficher sur l'écran de l'ordinateur quand il fut dérangé par la sonnerie de son téléphone. L'agent de permanence au standard lui annonça un appel de madame Oridot.

« Il y a une madame Oridot, la pauvre » se dit Liousse en consultant sa montre. 0h20 déjà.

« Lieutenant, je vous ai aperçu à la soirée du Rotary. Mon mari vient de faire un malaise. Les pompiers sont là mais après le décès d'Edouard ce soir, j'ai pensé nécessaire de vous prévenir. »

« Vous avez bien fait » assura le policier « Pouvez-vous me passer les pompiers ? »

Les pompiers informèrent Liousse des symptômes, palpitations, suées, vertiges. Les mêmes que ceux observées lord du décès du directeur de la Compagnie Fermière de Vichy. La coïncidence n'était pas possible. Le meurtrier avait réalisé un coup double !

Cette audace du tueur surprit Liousse. Pourquoi tuer ces deux personnages clé de la vie locale ? Etait-ce Vichy et non pas la Compagnie Fermière de Vichy qui était la cible.

Le rapport d'autopsie des deux victimes confirma le lendemain l'empoissonnement mais avec une innovation : l'assassin avait employé de la gelséminine, un poison à effet retardé, qu'il avait du administrer quelques heures avant le dîner comme le confirmait l'absence de traces de poison dans le moka.

L'apparition de ce nouveau poison, la gelséminine, le principe actif du jasmin jaune, un alcaloïde agissant comme dépresseur du système nerveux central, provoquant des vertiges, puis une perte du tonus musculaire entraînant la mort par paralysie du système respiratoire, surprit Liousse. Il avait anticipé un recours ce bon vieux cyanure, pensant que le sucre de la pâtisserie avait retardé l'effet du poison comme pour Raspoutine qui avait avalé sans malaise des gâteaux assaisonnés au cyanure mais, c'est vrai, le maire n'avait pas mangé de moka, donc cela signifiait qu'il avait été empoisonné autrement, avant ou après le repas.

La gelséminine n'était pas en vente libre dans 'les bonnes pharmacies'. Le criminel avait donc de solides connaissances en pharmacologie, ce qui nous ramène, jugea Liousse, à un membre de la corporation médicale !

Liousse reconstitua l'emploi du temps des deux victimes lors de la funeste soirée.

Le malheureux directeur de la Compagnie Fermière de Vichy avait quitté son bureau à 17 heures pour repasser chez lui chercher son épouse, Ariane de la Musardière, une blonde un peu fin de race mais qui passait pour l'une des plus jolies femmes de Vichy. Il était arrivé à 19 heures au club Rotary pour siroter le cocktail de bienvenue avec les participants. Rien à signaler. Aucun indice.

Le Maire était parti en retard de son bureau, vers 18:30 selon son assistante Cerbère, rejoignant son épouse Gisèle directement au Rotary.

Liousse consulta le spécialiste de pharmacologie de la Brigade criminelle. La gelséminine lui fut-il confirmé était un alcaloïde dont les effets pouvaient être mortels à haute dose après une période d'ingestion de quelques heures. L'effet retardé dépendait de la dose ingérée et de la physiologie de la victime. Le poison pouvait donc avoir été administré entre 16:00 et 20:00 selon l'expert.

Liousse reprit donc les agendas des victimes à compter de 16:00. Le directeur de la Compagnie Fermière de Vichy était, selon son assistante, resté, entre 16:00 et 17:00 dans son bureau, recevant quelques visiteurs : Antoine Blaise, le Directeur financier et le docteur Ducray pour faire le point sur la journée. Aux dires de sa vestale, le maire avait expédié des affaires courantes et s'était enfermé, avec l'ordre de ne pas être dérangé, précisa-t-elle d'un ton pincé, pour son point quotidien avec Chantale Burnol, la directrice de la communication, entre 16:45 et 17:00.

Le policier laissa un voile pudique sur le conciliabule du maire; de toute façon, ce n'était pas un mode d'administration de poison donc il jugea inutile de convoquer la très proche collaboratrice du maire qui l'avait regardé de haut lors de leur première rencontre.

Une ambitieuse aux jolies jambes, selon lui, malgré des airs de couventine des Oiseaux.

La rencontre entre Ducray et de la Musardière était plus troublante. Ducray figurait encore sur la liste des suspects même si sa présence sur le trou n° 11 l'exonérait, au moins en apparence, du meurtre de Steve Stableford. L'assistante informa le policier que, vu la chaleur, le directeur gardait une bouteille de Vichy-Célestins et des gobelets en plastique dans son bureau. Donc, il avait pu échanger un verre d'eau avec le docteur Ducray et, bien évidemment, les gobelets avaient été, entre temps, mis au broyeur avec le reste de la poubelle de bureau. Ce serait vain, jugea donc Raphaël, de questionner le médecin qui de toute façon avait un alibi en béton s'agissant du maire puisqu'il avait quitté son bureau à 18:50 seulement selon le vigile.

L'intuition de Liousse lui disait que le docteur Ducray était le possible meurtrier mais il lui manquait le mobile et il ne disposait d'aucun élément de preuve.

Oustachi

Liousse décida d'approfondir la piste croate. S'il réussissait à établir un lien entre Grebsa et Ducray, il pourrait le soumettre à un interrogatoire en règle avec une chance de le confondre.

Il se mit donc à la recherche d'un linguiste capable de déchiffrer les lettres inconnues tatouées sur l'épaule du croate. Il trouva au sein de la Police de l'Air et des Frontières un français né de parents croates qui, recevant la photographie du tatouage, déclara ne pas connaître l'écriture du tatouage.

« Le croate s'écrit avec un alphabet latin classique à la différence de quelques caractères accentués spécifiques. Ce n'est pas, selon moi, du croate. »

Liousse dans l'impasse eut l'idée d'appeler un camarade de promotion qui avait été nommé au sein de sous-direction de la Police Technique et Scientifique vu sa formation initiale : master de Biologie Santé.

Son copain, recevant l'écriture inconnue, proposa de la passer à ses collègues du Service de l'Informatique et des Traces Technologiques qui disposaient d'une base de données contenant des centaines d'alphabets qui leur permettait avec un logiciel de reconnaissance de formes d'apparier à peu près tous les textes.

La solution lui parvint sous forme d'un mail des techos :

Le texte est écrit en glagolitique, alphabet inventé vers 863 par Saint Cyrille et Saint Méthode en Grande Moravie, pour soutenir leur action de catéchisation. Inspiré du grec cursif, cette écriture a été utilisée dans les textes religieux jusqu'au XIXe siècle tandis que les textes profanes utilisaient la graphie latine. Curieusement, la Bible utilisée par les rois de France pour leur couronnement à Reims comporte des passages écrits en glagolitique. Le tatouage se lit *ZDS. Nous ne savons pas ce que cela peut signifier en croate ancien ou contemporain.*

Le collègue croatophone déclara forfait. ZDS ne signifiait pour lui rien en croate, c'était peut-être un acronyme, suggéra-t-il mais aucune recherche internet ne produisait, selon lui, de résultat.

« Bon, après un linguiste croate, il me faut un historien » en conclut Liousse.

Conscient de tenir enfin une piste solide, non rebuté par ce rébus croate, Liousse appela la professeure tenant la chaire d'histoire contemporaine à la faculté de Clermont-Ferrand. L'agrégée, au vu du mail, avoua son ignorance mais promit de faire circuler la question à un de ses doctorants spécialisé en histoire des Balkans.

Deux jours plus tard, Liousse eut le plaisir de recevoir la réponse du doctorant transmis par le professeur des facultés :

Monsieur,

ZDS signifie « Za dom - spremni ! », « - Pour la patrie - Prêt !» C'était le salut oustachi. Il est aujourd'hui associé aux sympathisants oustachis par les Serbes mais également associé à la droite conservatrice incarnée par le Parti croate du droit. Certain Croates voient toujours ce salut comme un simple symbole patriotique du fait de son utilisation antérieure à celle faite par les oustachis. Il est parfois abrégé par « ZDS ».Sur les oustachis, vous pouvez lire, à titre introductif, la notice wikipedia.

Restant à votre disposition,

Liousse apprit ainsi grâce à Wikipedia que les Oustachis étaient un mouvement ultranationaliste croate fasciste et nazi, antisémite haïssant les chrétiens orthodoxes, prônant un fondamentalisme cléricaliste catholique romain. Fondé dans les années 20, le parti oustachi, jusqu'alors marginal, fut installé par les nazis à la tête d'un Etat indépendant après l'invasion des Balkans. Le nouvel Etat, allié du 3e Reich, s'était livré à des assassinats de masse de serbes orthodoxes, de juifs et de tziganes qui refusaient de se convertir au catholicisme romain. Dans une volonté de purification ethnique, les oustachis massacrèrent des villages entiers, perpétrant des dizaines d'Oradour- sur-Glane. Ils exterminèrent les catholiques non romains dans de véritables camps de concentration. Les oustachis combattirent au sein de la Wehrmacht notamment contre les partisans communistes de Bosnie-Herzégovine. On estime à 60 000 Juifs, 550 000 Serbes, 20 000 Croates, 90 000 Bosniaques musulmans, 50 000 Monténégrins et 30 000 Slovènes le nombre de victimes du régime oustachis. En mai 1945, cinquante mille oustachis qui s'étaient rendus aux anglais furent livrés par eux aux partisans communistes qui les exécutèrent. Certains dirigeants oustachis moururent dans leur lit ayant pu fuir, comme certains nazis, en Amérique latine ou finirent leur vie protégés par l'Espagne franquiste.

Grebsa était donc un nostalgique de la Croatie oustachie, autant dire un dangereux personnage, mais cela n'expliquait pas pourquoi il avait abattu d'une balle creuse un golfeur vichyssois. Quel pouvait être l'intérêt pour un facho croate de s'en prendre à un Steve Stableford dont les seuls faits de guerre étaient des birdies, eagle et un albatros en 2013 lors du Pro-Am de Vichy ? Un mercenaire ? Stipendié par Ducray pour liquider son partenaire de golf ? On ne tue pas pour une mauvaise carte de golf ! Et puis aller chercher un croate quand on habite Vichy, ce n'est pas le plus simple. Il y a plus discret que d'employer un étranger ne parlant pas français qui, à part ne pas se faire photographier, s'était fait remarquer par sa logeuse et fréquentait les étudiants du Cavilam dont le fils du dirigeant du groupe chinois nouveau propriétaire de Sunyparks. Relancer la piste Sunyparks sur l'hypothèse que le croate ait été stipendié par les chinois ? Enfin quelle pouvait bien être l'origine de la relation entre Ducray et Grebsa ? Au surplus, un ultranationaliste croate assassinant le porte-drapeau du Front national à Vichy, ce n'était pas très confraternel !

Notes du carnet Albert Londres :

Tueur du golf = croate nostalgique des oustachis / Mercenaire de Ducray, des chinois ? / Pourquoi tuer Stableford ?

Internationale fasciste

« Décidemment, il faut que je mette au clair ces histoires d'extrême droite » se promit Liousse.

Il envoya un second mail à la coopérative agrégée en lui demandant de l'éclairer sur les éventuelles implications en politique française de l'Etat oustachi et des liens pouvant exister aujourd'hui entre l'extrême droite croate et française.

Avec sa précision académique, la professeur des facultés lui fit suivre la réponse du doctorant :

Si un éventuel lien entre les exactions de l'Etat oustachi et la France, hors d'éventuelles relations entre l'extrême droite française et oustachie pendant la seconde guerre mondiale, est non documenté, la guerre serbo-croate de 1990-1995 a provoqué des dissensions dans la classe politique française. La guerre civile trouve son origine dans l'hostilité montante entre Serbes et Croates qui va conduire au démantèlement de l'État fédéral. En février 1991, poussés par Belgrade qui les encourage à la révolte armée, les Serbes de Croatie, majoritaires dans la région de Krajina, font sécession et demandent à être rattachés à la République serbe. Au mois de juin, la Slovénie puis la Croatie proclament leur indépendance avec la bénédiction des Européens, à l'exception notable de François Mitterrand. Les positions se radicalisent. Pour se défendre, les Croates font appel à un homme énergique, le général Franjo Tudjman. Il s'agit d'un nationaliste croate qui fut en d'autres temps proche des extrémistes Oustachis. Le Président Mitterrand a été très critiqué pour son manque de clairvoyance initial, que certains de ses opposants ont qualifié de complaisance coupable à l'égard du gouvernement de Milosevic engagé dans une action de purification ethnique. La formule de Mitterrand « Il ne faut pas ajouter la guerre à la guerre ! » et sa déclaration : « Moi président, la France ne fera jamais la guerre à la Serbie. " restent, selon la plupart des commentateurs, une faute politique au regard de la suite des événements. Mitterrand, fut l'allié objectif au début du conflit de la Serbie, un soutien inspiré par le poids de l'histoire de la relation amicale entre la France et la Serbie et les affirmations de Milosevic qui prétendait préserver l'unité yougoslave. Même la visite audacieuse du Président Mitterrand à Sarajevo assiégé, le 27 juin 1992, été perçu comme un soutien direct à la Serbie. Le Président Chirac a marqué sa rupture en soutenant vigoureusement les revendications bosniaques et en soutenant sans faillir l'action du Tribunal pénal international pour l'ex-Yougoslavie Tribunal Pénal International qui jugera Milosevic en 1992 mais ne put le condamner, le prévenu étant mort pendant son procès.

S'agissant des relations entre extrêmes droites européennes, il existe des liens réels entre les groupuscules nationalistes mais très fluctuants selon leur volonté variable de respectabilité. Le Front national a pris ses distances avec les éléments les plus extrémistes des rares nostalgiques des oustachis. A notre

185

connaissance, aucune organisation stable ne structure des échanges qui, s'ils existent, le sont sur une base interpersonnelle.

La notice historique fit écho aux imprécations de plusieurs protagonistes contre Mitterrand. Accusé par certains d'avoir trahi ses engagements de La Francisque, par d'autres d'avoir livré Vichy à l'affairisme supposé de Guy Ligier, l'ombre de l'ancien Président pesait sur Vichy. L'image sirupeuse d'un Vichy dansant la valse, crinolines et moustaches au vent, s'effaçait devant l'odeur nauséabonde des rancœurs et haines suries de nostalgiques de l'Etat de Vichy.

Liousse demanda à son collègue de la Police de l'Air et des Frontières de faire une recherche sur les voyages récents du docteur Ducray. La réponse fut : le docteur Ducray se rendait chaque année, à Pâques, en Croatie à Dubrovnik !

Le lien entre Ducray et Grebsa devenait de plus en plus flagrant mais Liousse savait que l'autre pourrait nier prétendant à un simple séjour touristique à Dubrovnik.

Purge

Un homme pouvait éclairer Liousse sur un hypothétique internationale ultranationaliste : Léon Senati. Vomissant tous ses anciens affidés, il n'hésiterait pas à révéler les éventuels liens entre Ducray et les oustachis croates.

Liousse reprit donc le chemin d'Hauterive-sur-Allier. Les dix kilomètres lui firent une balade sous le regard surpris des automobilistes. Deux gendarmes à motocyclette, croyant à un accident de voiture de l'officier, s'arrêtèrent pour lui proposer de l'aide qu'il déclina à leur grand étonnement.

Le policier sonna à plusieurs reprises puis, supposant que la sonnette était en panne, il frappa fortement à la porte. Senati ne répondait pas. Comme l'original ne sortait plus, se faisant livrer la nourriture pour ses chats, le policier fut surpris de son apparente absence. Contrairement à toutes les règles enseignées en école de police, seul, sans collègue, il tourna la poignée de la porte qui n'était pas fermée. L'odeur surie de ménagerie le saisit aux narines. Si le misanthrope n'était pas là, ses chats étaient bel et bien là !

Liousse appela à voix haute mais ne reçut aucune réponse. Peut-être l'original dormait-il ? Le salon salle à manger était désert comme la cuisine. Après avoir toqué en vain à plusieurs reprises à la porte de la chambre à coucher, Liousse poussa la porte. Toujours pas de Senati et curieusement plus aucun matou, seul un épouvantable remugle félin.

Poursuivant sa visite, Liousse décida de jeter, à tout hasard, un coup d'œil au musée de la Milice du fada. Ouvrant la porte, il faillit tomber, bousculé par une cavalcade de chats qui s'enfuirent dans ses pieds. Il descendit les escaliers abrupts de la cave. Une odeur putride montait de la cave. Au plafond de la cave musée, Senati pendait par les pieds, le visage et les mains déchirés par les griffes des chats affamés.

Saisi d'un haut le cœur, Liousse recula vivement. L'archéo-milicien avait été liquidé non pas, estima Liousse, parce que nostalgique de l'Etat de Vichy, mais parce qu'il pouvait compromettre les criminels. Seuls ses anciens coreligionnaires d'extrême droite pouvaient connaître l'existence de Senati et son domicile isolé.

On avait tué Senati pour l'empêcher de parler, Liousse en était convaincu. Le vieux fou l'avait d'ailleurs prévenu lors de leur dernière rencontre. Le muséographe affirmait, dans sa paranoïa d'un complot judéo-maçon-socialiste, détenir des preuves des forfaitures de Mitterrand. Il était plus plausible qu'il détînt des informations accusant le meurtrier en série. Ducray si c'était lui avait fait disparaître les preuves.

Liousse ne croyait pas que ce soit le médecin thermaliste qui ait tué de manière aussi sadique et spectaculaire Senati. Ce devait être le croate, son mercenaire. Cette exécution d'un ancien compagnon de route qu'on pouvait difficilement taxer de frilosité, signifiait que le motif était autre que politique, plus fort que les affinités politiques.

Curieusement aucun des objets du musée ne semblait avoir été manipulé ni le pavillon fouillé. L'assassin savait où chercher ou alors n'avait-il pas cherché, se bornant à faire taire définitivement un témoin gênant, laissant un message macabre par la mise en scène de la pendaison par les pieds, sadique clin d'œil à la fin tragique du grand-père de Senati. Pendre le petit-fils face à la photographie de son aïeul en uniforme de la Franc-Garde puis lynch, par dérision et par vengeance.

Il fallait chercher dans ce bric-à-brac de souvenirs de la collaboration vichyste la solution. Le policier refit donc la visite de la galerie, retournant les cadres à la recherche d'un document caché, soulevant les objets, en vain.

Son téléphone ne portant pas dans la cave, Liousse remonta au rez-de-chaussée pour demander au commissariat d'envoyer une ambulance pour emmener le corps à la morgue et venir l'aider à faire les investigations obligées.

La vieille cafetière en zinc cabossé et le bol empli de café indiquait que Senati n'avait pas eu le temps de prendre son petit déjeuner le matin de son exécution. Il devait connaître son agresseur car aucune trace d'effraction n'apparaissait sur la porte ou alors ne fermait-il jamais sa porte ?

Attendant les renforts, Liousse examina la bibliothèque du défunt. Que des livres d'auteurs nationalistes et antisémites : Barrès, Drumont, Maurras, Céline ; des éditions originale d'ouvrages de Drieu la Rochelle, Brasillach, certaines dédicacés « A Senati ! ». Liousse ouvrit au hasard les *Poèmes de Fresnes* de Robert Brasillach, livre publié à titre posthume après sa fusillade au fort de Montrouge le 6 février 1945.

Un papier tomba du livre : le compte-rendu d'une réunion à Raguse en avril 2015 entre le docteur Ducray et des représentants Parti croate du Droit ! Google informa Liousse que le groupuscule croate comptait de nombreux nostalgiques des oustachis. Raguse, nom français de Dubrovnik. Un indice supplémentaire permettant d'incriminer Ducray.

Liousse décida de procéder à l'arrestation et à l'interrogatoire du médecin.

Ducray

Liousse informa le Procureur de sa macabre découverte et revint en urgence sur Vichy dans la voiture de service appelé sur place, son vélo sur le siège arrière qu'il déposa au Commissariat avant d'aller procéder à l'interpellation de Ducray.

Accompagné de l'agent Frelastre, il se présenta aux Thermes des Dômes à 11:00. L'assistante de Ducray lui dit que le docteur était « dans le service », procédant à sa visite quotidienne des installations. C'est au service de balnéothérapie, au milieu des patients en peignoir et devant les employés en claquettes, que le médecin fut donc notifié de son état d'arrestation.

Le médecin demanda à repasser par son bureau pour enlever sa blouse blanche et prendre son veston. Il en profita pour dire très calmement à sa secrétaire d'appeler sa femme pour indiquer qu'il ne déjeunerait pas chez lui mais serait là pour dîner.

Ducray ne semblait en effet pas particulièrement ému par son transport au Commissariat dans la voiture de police qui parcourut à fond de train les 400 mètres séparant l'établissement thermal du commissariat. Le jeune agent de police, un peu excité, mit même la sirène deux tons en marche, à la surprise de Liousse qui n'osa pas calmer son ardeur locomotrice.

Liousse entra dans le commissariat avec Ducray sur ses talons menotté à Frelastre, sous le regard de tous les agents de permanence au guichet et de quelques personnes venus signer une main courante pour perte de clés ou autre broutille. Comme un chasseur qui rentre la gibecière chargée, Liousse bomba sans en être conscient la poitrine, fier comme Artaban, en croisant Mélissa chargée d'un gobelet de café instantané. La lascive antillaise n'osa pas apostropher le jeune lieutenant conscient de la solennité du moment : « la première arrestation d'un suspect pour un officier de police judiciaire, c'est comme la perte de pucelage pour une fille », aimait à rigoler le commissaire Sornin.

Ducray, assis très droit sur le siège de bois blanc, attendit que Liousse ouvre le bal. Liousse tenta de le déstabiliser en maintenant un silence pesant de plusieurs minutes. L'autre resta de marbre, moquant la manœuvre en regardant sa montre.

« Docteur Ducray, je vous informe que vous êtes soupçonné du meurtre de Henri Calou, Yolande Randan, Aimé Dieuleveut, Alphonse Bingo, François Maurel, Madeleine Noëllet, Edouard de la Musardière, Jacques Oridot, et de complicité dans le meurtre de Steve Stableford et Léon Senati. »

« Sur quel preuves ? » répondit calmement le médecin nullement déstabilisé par l'énumération.

« Vous avez été présent sur les lieux de tous les crimes et avez rencontré en avril 2015 Dragomir Grebsa qui est soupçonné d'être le meurtrier de Stableford et Senati. »

« Etre sur les lieux d'un crime ne fait pas de moi un criminel et je ne connais pas ce Dragomir qui est, je le note, seulement soupçonné, pas avéré, coupable. »

« Le compte-rendu de votre réunion en avril 2015 avec le Parti du Droit croate atteste que vous connaissez Grebsa. »

« Ce compte-rendu ne démontre rien. Grebsa n'était pas présent à cette réunion. Je peux le prouver. »

« Niez-vous être membre de la même cellule du crypto parti ultranationaliste que feu de la Musardière, Oridot et Senati ? »

« Etre sympathisant d'un mouvement politique national ne fait pas de moi un criminel, que je sache. »

Liousse se rendit compte que faute de connaître le motif de ces assassinats, il ne réussirait pas à confondre le médecin. Au moins aurait-il arrêté l'hécatombe. Il tenta de reprendre l'initiative.

« Comment expliquez-vous votre présence sur les lieux de tous les crimes ? »

« C'est vous qui l'affirmez. S'agissant de la mort des malheureux de la Musardière et Oridot, j'étais, comme vous à la soirée du Rotary, comme vous et une cinquantaine d'autres personnes, tous suspects donc, sauf vous, bien évidemment. Pour les autres, je n'ai pas le souvenir d'avoir été sur les lieux sauf ce malheureux Stableford mais mes partenaires de golf pourront témoigner que ce n'est pas moi qui ai tiré la balle qui l'a tué. Les seules balles que j'ai tirées ce jour là ; ce sont des balles de golf. »

En plus, il se paye ma tête pensa rageusement Liousse.

« D'ailleurs, puisque vous en êtes à chercher des coïncidences, il me semble que mon ami, le docteur Dupin était présent aux Célestins, au Centre Valéry Larbaud et sur l'Iron man, notamment, cela fait de lui un suspect idéal; vous ne croyez pas ? »

Liousse devait admettre que Dupin constituerait un suspect plausible dans une contre-enquête et lors plaidoirie de défense de Ducray lors d'un procès aux assises et qu'il s'était avancé, à découvert, de manière hasardeuse.

« Vous étiez seul en situation de trafiquer la chaudière pour ébouillanter madame Randan. »

« N'importe quel agent de la Compagnie de Vichy pouvait le faire, le local de chaudière n'est pas sécurisé. Dupin a aussi ses accès aux établissements car il vient souvent prendre le café avec moi. »

Liousse comprit que le détournement des soupçons par Ducray sur Dupin n'était pas une simple ligne de défense mais un stratagème. Ducray avait manigancé ses crimes de manière à faire incriminer Dupin. La naïve coopération de Dupin aux investigations le mettait dans la lumière. Par son intervention en secouriste bénévole sur les lieux des crimes, il se mettait inconsciemment dans les phares de la police !

Si Dupin était la cible de tous ces crimes et non pas la Compagnie de Vichy ou l'action municipale de Jacques Oridot, qu'est-ce qui pouvait expliquer la haine de Ducray à son égard. En apparence, les meilleurs amis, partenaires de golf, de bridge, membres de la gentry médicale qui formait l'aristocratie vichyssoise, leurs femmes très copines. Quelle raison avait pu pousser Ducray à commettre huit meurtres et à en commanditer deux pour faire plonger Dupin ?

Dupin

Liousse se résolut à interroger Dupin pour rechercher le mobile caché de Ducray sans lui révéler que son « meilleur ami » était en garde à vue. Il fit donc mettre Ducray dans la cellule de dégrisement, la seule du commissariat, et demanda à Dupin de venir le rencontrer en urgence au commissariat. Le convoquer au commissariat dramatisait l'entretien et provoquerait, espérait-il, un déclic salvateur si le secret de l'hostilité de Ducray était un secret connu mais caché par les deux hommes. Dupin expliqua qu'il allait entrer en salle d'opération et qu'il ne pourrait pas être là avant deux heures, le temps de s'assurer du bon réveil du patient qu'il venait d'anesthésier. Il proposa de passer à l'heure du déjeuner. Liousse le remercia en s'excusant du dérangement.

« Pas de souci; je vais venir d'un coup de vélo, cela me fera faire de l'exercice. La promenade par le plan d'eau est superbe en cette saison mais j'oubliais que vous étiez, vous aussi, un adepte de la petite reine. » répondit le toujours très urbain anesthésiste.

Le lieutenant alla accueillir le médecin à son arrivée au commissariat. Il lui offrit un café que l'autre refusa, préférant un verre d'eau car il n'avait pas eu le temps de déjeuner. Interroger un suspect en hypoglycémie faisait partie des grands classiques des films noirs où les flics ingurgitaient des jambon-beurre avec des canettes de bière en se relayant auprès du prévenu affamé, pensa Liousse.

« On se croirait dans un film noir français des années 60 avec moi dans le rôle de Lino Ventura ! » blagua intérieurement Liousse.

« Merci d'être venu, monsieur Dupin. Face à la succession de meurtres des dernières semaines, j'aurais aimé vous poser quelques questions. Je vous libère rapidement. »

Blagueur, Dupin releva en souriant :

« Libéré, donc je suis en état d'arrestation ? »

« Non, non; c'est maladroit de ma part. Ceci n'est qu'un entretien informel. Vous étiez présent sur presque tous les lieux de crimes, auriez-vous remarqué quelqu'un, un inconnu ou une connaissance, également présente ? »

« Un inconnu, c'est difficile à dire. Il n'y avait qu'une dizaine de curistes à la source des Célestins mais il y en avait des dizaines au centre Valéry Larbaud et des centaines sur l'Iron man. Non, de bonne foi, je n'ai pas le souvenir d'un visage identique aperçu sur ces divers lieux. J'imagine que le fait d'avoir été présent sur la plupart des lieux de crimes fait de moi un suspect ? »

« Un suspect presque idéal, en effet, trop idéal même, à mon avis. Soit vous êtes le plus impressionnant menteur que j'ai rencontré dans ma brève carrière soit vous êtes l'objet d'une machination. »

« Une machination ? Vous voulez dire que quelqu'un chercherait à m'incriminer ? Mais qui et pourquoi ? »

« Oui, pourquoi ? » biaisa Liousse » Vous connaissez-vous des ennemis capables de vouloir vous faire endosser dix meurtres ? »

« Je ne connaissais pas les malheureux curistes ni le triathlète assassinés; Stableford était un partenaire de golf; de la Musardière et Oridot étaient des relations mondaines. Je ne dirai pas que j'adhérais aux opinions politiques des deux dernières victimes mais de là à les tuer ! »

« Les ennemis sont souvent des proches. Avez-vous le souvenir d'avoir croisé une connaissance sur les lieux de crime ? »

« Une connaissance ? Non, je ne crois pas. Ducray était présent au championnat de Scrabble, au centre Valéry Larbaud ainsi qu'à la soirée du Rotary mais c'est normal, en tant qu'adjoint à la culture de feu le maire Oridot. »

« Et à l'église Saint-Blaise ? »

« A Saint-Blaise ? Oui, maintenant que vous me le dites. J'ai cru l'apercevoir au fond de la nef. Cela m'a surpris car il n'est pas, à ma connaissance pratiquant. Il est parti d'ailleurs, je pense, avant la fin du service. J'ai vu quelqu'un qui lui ressemblait quitter l'église au moment de l'élévation. Je venais d'aller chercher le calice au confessionnal, il faut vous dire que nous n'avons malheureusement plus d'enfant de chœur alors c'est moi qui, en tant que diacre bénévole, aide le prêtre à célébrer » précisa avec une pointe d'orgueil le bon paroissien. »

Liousse laissa le silence s'installer entre eux. Dupin comprit d'un coup le sens de ce mutisme.

« Vous n'imaginez pas que Ducray puisse être mêlé à ces crimes ? »

« Il était de vos dires mêmes présent sur tous les lieux de crimes ; c'est l'une des rares personnes à avoir connaissance du lieu de captage des eaux des Célestins ; l'accès à la chaufferie des Thermes des Dômes était aisé pour lui. La question est pourquoi voudrait-il, si c'est bien lui le coupable, vous faire porter le chapeau ? »

« Cela n'a aucun sens ! Ducray est incapable de commettre des crimes. Ces assassinats font une très mauvaise presse à Vichy. En tant que médecin attitré de la Compagnie fermière c'est se tirer dans le pied ! »

« En effet, ce n'est pas bon pour le business de cure mais, justement, seul un motif privé, un secret très lourd pourrait expliquer cette série de meurtres apparemment sans lien apparent, des inconnus, des hommes publics, l'usage répété de poison qu'un médecin, notamment, maîtrise. Ce ne sont pas des coïncidences. Il y a une logique cachée. »

« Tous les médecins et pharmaciens de Vichy sont des suspects si vous considérez l'arme du crime auquel il faut ajouter les golfeurs, le bridgeurs et les scrabbleurs, cela fait du monde ! »

« Oui, mais seuls Ducray et vous étiez présents sur tous les lieux de crime. »

« Donc c'est lui ou moi ? Je n'ai rien, mais vraiment rien contre Ducray. C'est un ami agréable. On fait notre bridge ensemble tous les mercredis. Nos femmes sont les meilleures amies du monde. S'agissant de lui, je ne vois pas ce qu'il aurait contre moi. On n'exerce pas dans la même spécialité, aucune rivalité professionnelle. Sophie et lui forment un couple apparemment uni et je n'ai jamais regardé une autre femme que la mienne ! »

Ducray ne connaît pas, de bonne foi, la cause de la haine que lui voue Dupin, jugea Liousse. Le bonhomme est trop gentil, il ne peut imaginer des sentiments bas chez les autres. La réponse était là, proche, le policier le sentait, il ne manquait plus qu'un indice pour la révéler, mais qui apporterait la pierre manquante ?

Cherchez la femme !

Le lieutenant raccompagna le docteur Dupin sur le perron du commissariat. Le médecin était plongé dans ses réflexions par les sous-entendus du policier. Il ne pouvait réussir à soupçonner son ami Ducray d'être le meurtrier et encore moins d'avoir voulu le faire accuser. Tout cela n'avait aucun sens.

Dupin saisit un superbe VTT par le guidon. Raphaël ne put, en connaisseur, que s'extasier.

« Superbe ! En graphite ? »

« Oui, c'est un CBT Italia Obsession Graphite Ultegra 6800 11 V; je l'ai trouvé sur internet à 2599 €; le cadre et la fourche ne pèsent que 1,8 kg ! Dérailleurs Shimano doubles; chouette, hein ? »

Dupin vantait son luxueux vélo avec la fierté d'un gamin, inconscient de son manque de tact à donner le prix qui représentait plus d'un mois de salaire du jeune lieutenant de police qui lui roulait en VTT police Gitane, cadre aluminium, 13 kg.

« Superbe en effet. Soyez prudent avec votre bolide et merci encore de vous être dérangé. »

Liousse comme un joueur d'échec se demanda quel coup suivant jouer : un coup d'attente, libérer Ducray, pour le laisser commettre une erreur et ainsi et le dévoiler ou tenter encore un coup risqué comme l'entretien avec Dupin au risque de se trouver lui échec et mat à avoir sacrifié trop de pièces pour forcer le roi de son adversaire. Mettre la pression sur sa reine, tiens voilà une idée, se dit Raphaël.

Sophie

Il appela le domicile des Ducray. C'est elle qui répondit. Entendant son « Aaalo ? » Raphaël se souvint du timbre haut perché, snob, de la belle bourgeoise prononçant son « Fantaastique ! » quelques semaines plus tôt, qui lui semblaient des mois, sur la terrasse ensoleillée du Sporting club de Vichy. Sa voix de soie, à la fois hautaine et voluptueuse, lui fit souvenir ses longues jambes bronzées, leur galbe à la Mrs Robinson.

« Lieutenant Liousse. Veuillez excuser mon intrusion téléphonique. »

Sophie Ducray l'interrompit :

« C'est vous qui avez arrêté mon mari ce matin ? »

« Arrêté, non, j'avais quelques questions à lui poser… »

« C'est quoi ces méthodes qui rappellent la Milice ! On ne rafle plus les gens à Vichy depuis 1945 ! » attaqua violemment l'épouse.

« Votre mari va bien. J'aurais besoin de vous poser à vous également quelques questions. Cela faciliterait mon enquête. »

« Ah ! Vous voyez bien que vous l'avez mis en prison ! »

« Pourriez-vous passer maintenant au commissariat ? »

« Maintenant ? Mais vous croyez que je n'ai que cela à faire de répondre aux convocations de la police ? Bon, si cela peut aider à vous convaincre de relâcher mon mari, j'arrive. »

L'épouse qui, au jugement de Liousse, surjouait le rôle de l'épouse outragée, gara rageusement en faisant crier le gravier du parking du commissariat, dix minutes plus tard, une Fiat 500 rouge vif.

« Pas le genre de voiture à avoir pour commettre des adultères » pensa tout-à-trac Raphaël.

La séduisante quinquagénaire avait pris le temps de se recoiffer et de se dévêtir d'une mini jupe et d'un caraco qui mettait en valeur sa belle poitrine. Elle s'installa de travers, en amazone, sur la dure chaise et prit une cigarette dans un paquet de Davidoff, par manifeste provocation.

« On ne fume pas ! » ordonna Raphaël conscient que le rapport de forces se jouait dans les premières minutes. L'épouse lui jeta un regard torve et remit rageusement sa cigarette dans son paquet doré.

« Merci de vous être libérée… »

« Libérée, décidément vous choisissez vos mots, lieutenant ! »

Ne relevant pas la provocation, Liousse poursuivit :

« Votre mari et vous êtes mariés depuis combien de temps ? »

« Trente ans déjà, on a fêté nos noces de perle il y a deux mois, puisque cela vous intéresse encore que je ne voie pas le lien avec son arrestation arbitraire. »

« Vous êtes tous deux vichyssois de naissance ? »

« Oui, on se connaît depuis le lycée. On ne sortait pas ensemble à l'époque. Paul était fol amoureux de Virginie, l'épouse de Dupin. J'avais un petit ami alors, le pauvre Edouard mais tout cela c'est de l'histoire ancienne. Edouard s'est marié par ambition avec Ariane car le père avait des relations. Virginie a épousé Pascal en seconde noces, après avoir eu deux enfants avec un bellâtre qui faisait tomber toutes les filles au lycée. Paul est revenu de son internat à Lyon. On s'est revu. Voilà. »

« Donc vous vous connaissez tous depuis l'adolescence ? »

« Oui, c'est habituel ici, à Vichy. On se marie entre fils et filles de médecins, pharmaciens, dentistes… enfin les professions de santé. J'imagine que vous allez appeler cela de la reproduction sociale mais Vichy est une petite ville, il n'y a pas beaucoup de partis convenables. »

« Et Oridot, il était de Vichy ? »

« Oridot ? Non pas vraiment. Son père acheva sa carrière de médecin à l'hôpital militaire de Vichy. Jacques a passé son bac ici, à Vichy; dés cette époque, il était déjà très ambitieux; il est monté faire Sciences Po Paris et son droit à Assas dédaignant la faculté de Clermont-Ferrand. On l'avait perdu de vue. On le voyait passer de temps en temps à la télé pour défendre des gens indéfendables, sa spécialité pour faire parler de lui, le Robin des bois du violeur récidiviste. Il est revenu sur Vichy, il y a moins de dix ans pour préparer sa campagne municipale. »

« Donc, vous le connaissiez à l'époque du lycée, »

« Oui, peu. Il bossait, n'allait pas en boum comme on disait à l'époque, ni en boites. Pas rigolo, un peu introverti. Il a bien changé après… »

« Plus extraverti ? »

« Oui, on peut dire les choses comme ça. Bavard, sûr de lui, coureur de jupons. Plus le même Oridot qu'on avait connu au lycée. Son père était un type pas drôle, une mentalité de militaire en garnison. Il a jeté sa gourme pendant ses études, le Jacques ! »

Liousse nota une pointe d'amusement rêveuse dans la voix de Sophie Ducray.

« Et il a séduit certaines de vos amies ? » tenta le policier.

Sophie, comprenant qu'elle avait été trop bavarde, répondit d'un ton sec :

« Gisèle Oridot est une relation; vous n'espérez quand même pas que je porte atteinte au souvenir de son mari en prêtant à son défunt époux des amours adultères ? »

Liousse sut à ce moment que la clé de l'intrigue était justement à rechercher dans la vie conjugale et surtout extraconjugale de ces bourgeois prétentieux.

Il décida de rendre une visite à Gisèle Oridot en raccompagnant sa visiteuse qui, étonnamment, ne lui demanda pas quand la garde à vue de son époux serait levée.

« Peu éplorée l'épouse et manifestement plus amoureuse de son mari si elle l'a jamais été » pensa Liousse qui nota sur le carnet Albert Londres :

Sophie Ducray : une bourgeoise de film de Claude Chabrol, maîtresse d'elle-même, menteuse, rancunière.

Gisèle

Gisèle Oridot le reçut dans la villa de fonctions du maire qui faisait face aux parcs dans le Neuilly vichyssois, le quartier des 'chalets Napoléon III' transformés en mini hôtels particuliers. « Park avenue sur Allier » se dit Liousse en rangeant son vélo à l'entrée du vaste jardin qui éloignait la vaste bâtisse de la foule des badauds promenant femmes, enfants et chiens sur les splendides parcs de l'Allier.

Il était déjà trois heures. Liousse n'avait pas déjeuné; il accepta volontiers une tasse de café qu'une cameriste servit dans des tasses de porcelaine de Limoge posés sur un plateau d'argent.

La veuve, le visage sans maquillage, faisait bonne figure le surlendemain de l'assassinat de son mari comme elle avait du faire bonne figure toute la carrière durant de son remuant époux : au bal de la rentrée du barreau, sur les photos de campagne, lors des goûters des petits vieux. Impeccable, la chevelure tirée par un chignon bas, le sourire mis en marche, elle avait suivi l'essor professionnel et politique du médiatique avocat comme une annexe, chahutée par les remous, mais jamais larguée par le bateau à moteur.

« Je voulais vous présenter mes condoléances et vous assurer que tout serait mis en œuvre pour retrouver les assassins de votre mari. »

« Les assassins ? Ils sont plusieurs ? »

« Non, oui, enfin, c'est une hypothèse. L'enquête progresse » se défaussa le policier

« Merci, mais il était inutile, bien que fort courtois, de vous déranger pour cela »

« A vrai dire, j'avais quelques questions, si vous permettez, pour éclairer la personnalité de votre mari. »

« Je vous en prie » répondit sur la défensive Gisèle Oridot.

« Depuis combien de temps étiez-vous mariés ? »

« Trente et un an. J'ai épousé Jacques quand j'étais encore étudiante en droit. Il était maître assistant pour gagner un peu d'argent. »

« Lui connaissiez-vous des ennemis ? »

« Le lot habituel des politiciens qui sont marqués à droite, mais pas des gens dangereux, des bavards comme les dénigrait Jacques. Des anciens clients peut-être mais il ne me parlait jamais de ses dossiers. Je le voyais à la télévision parfois dans la journée et, le soir, il me demandait seulement si la couleur de sa cravate passait bien à l'image. »

« Vous étiez proches ? »

« Oh ! Autant que peuvent l'être deux époux après les brefs élans de passion des premiers mois du mariage. Jacques travaillait énormément, je ne le voyais pas beaucoup. Je m'occupais des enfants; nous en avons trois. Rien que de très banal malgré l'attirance de feu mon époux pour les feux de la rampe. »

« Permettez-moi une question personnelle et très directe. Votre mari était-il fidèle ? »

La veuve hésita puis se lança :

« Je pourrais vous répondre oui, mais, vu le physique et l'abattage de Jacques, ce serait peu crédible. Et puis, ici à Vichy, tout finit par se savoir même les secrets d'alcôve, surtout les secrets d'alcôve; les vichyssois et les vichyssoises s'enquiquinent, pour parler poliment, alors ils sont comme ces aristocrates de l'époque Louis XV qui faisaient des aventures amoureuses un dérivatif à leur ennui. Vichy sent le sexe à plein nez. L'eau thermale à l'odeur d'œuf pourri aussi, vous n'avez pas remarqué ? Avec ou sans poison dedans. »

Gisèle Oridot cessa brusquement sa confession, confuse, tordant ses longs doigts, surprise elle-même de s'être livrée ainsi. La mort de Jacques l'avait libérée. Elle n'avait plus peur de lui maintenant. Plus peur de ses colères, de ses duretés. Il n'était plus là pour la persécuter. Lui qui ne rentrait que pour évacuer le stress de ses journées de lutte professionnelle et politique. Bourreau domestique, séducteur public. Aucun de ses enfants ne voulut faire son éloge funèbre aux obsèques organisées le lendemain en l'église Jeanne d'Arc, le quartier de son enfance vichyssoise.

Liousse se dit qu'un tel homme pouvait susciter de vives haines mais, si Oridot était la cible principale de Ducray, pourquoi vouloir faire porter le chapeau à Dupin ?

Note :

Oridot cible des crimes ? Coureur de femmes, mobile des crimes ?

Dragomir Grebsa

Les ombres des tilleuls de la cour du commissariat de l'avenue Victoria s'allongeaient remarqua Liousse en garant son vélo. Dix sept heures déjà ! Il lui fallait décider de garder ou non Ducray pour la nuit. Les éléments rassemblés lors des entretiens renforçaient son intime conviction mais une conviction n'est pas une preuve. Il décida de consulter le procureur de la république Emmanuel Fouquier, pour lui faire partager le scandale local que représentait la rétention de cette personnalité vichyssoise.

Fouquier détestait qu'on le soumette à un dilemme; il reprocha à Liousse d'avoir rassemblé aussi peu de faits tangibles :

« Une enquête, c'est comme la chasse à la perdrix; si vous faites lever trop tôt, le gibier vous échappe. »

« Trop tard, il vous part dans les pieds et on ne peut tirer, de peur de tuer son chien ou son partenaire de chasse » retoqua Liousse, énervé par l'attentisme de l'arriviste juge.

« Bon; je réfléchis, rappelez moi dans une heure ! » demanda le juge, se promettant de se rendre injoignable alors, appliquant la maxime du petit père Queuille selon laquelle « il n'est pas de problème dont une absence de solution ne finisse par venir à bout. »

Liousse s'enferma dans son bureau pour tenter de se forger une résolution.

Ducray ne s'enfuirait pas, estima-t-il; il est bien trop sur de l'absence de preuves tangibles pour s'exposer ainsi à une mise en accusation, sa fuite serait un aveu. Sa morgue était inoxydable. Le garder ne satisferait que mon rejet du personnage. Les sentiments personnels ne doivent pas entrer en ligne de compte. « OK, je le relâche. »

Il saisissait le téléphone pour demander à l'agent de permanence de conduire le prévenu dans son bureau pour lui signifier son élargissement quand le combiné sonna. C'était le commandant de gendarmerie Gaston Prunelle.

« Allo, Lieutenant ? C'est Prunelle. J'ai une bonne nouvelle pour vous. Nous avons appréhendé le croate. »

Curieux, comme les gendarmes ne font jamais des phrases de plus de dix mots, pensa Liousse.

« Bravo ! Comment l'avez-vous trouvé ? »

« Trouvé, non, cherché plutôt. Bref, à la gare de Moulins. Il s'est fait contrôler sans billet dans le train

Clermont-Ferrand Paris de 16:57. Après la gare de Saint-Germain des Fossés. Il a du monter à Vichy. Le contrôleur ne parlait pas l'anglais et l'accent marqué du type l'a alerté. On l'a cueilli en douceur. Il prétend ne pas comprendre pourquoi on l'a appréhendé ». »

« Auriez-vous l'obligeance de le transférer à Vichy par une de vos voiture, mon commandant ? »

« Affirmatif. Je vous envoie le zig. Il sera là dans une grande demi-heure. »

Enervé par son dernier échange avec le procureur, Liousse ne prit pas la peine de l'informer de ce nouveau développement.

Le croate menotté fut remis à Liousse qui signa une décharge au gendarme et fit installer Grebsa dans son bureau, lui laissant ses menottes malgré le mouvement de mains explicite du croate. Il avait beau jouer les surpris et la tranquillité, c'est le genre à me sauter à la figure et fuir par la fenêtre, se dit l'officier de police qui s'adressa en anglais au suspect.

« Pourquoi voyagiez-vous sans billet ? »

« Parce que voyager sans billet est passible d'une arrestation et d'un interrogatoire de police ? »

« Où êtes-vous monté dans le train ? »

« A Clermont-Ferrand »

« Que faisiez-vous à Clermont-Ferrand »

« Du tourisme ; c'est interdit ? »

« Depuis combien de temps ? »

« Un jour; je suis arrivé en stop de Croatie. »

« En stop ? Alors dites moi pourquoi vous avez séjourné tout le mois d'août à la résidence des Hortensias à Vichy ? »

« Je ne voulais pas en parler parce que je n'ai pas de visa de séjour. »

« La Croatie a rejoint l'Union européenne en 2013, vous n'avez pas besoin de visa pour un séjour touristique. »

« Ah, bon ? J'ignorais. »

« Connaissez-vous un certain Liu Chong ? »

« Non »

« Et Sandra Spritz ? »

« Non plus. »

« Alors expliquez-moi comment vous vous trouvez sur cette photo avec eux ? » objecta Liousse en posant la photo sur son bureau.

« On ne voit pas le visage du type. Ce n'est pas moi. »

« Vous tenez à ce que je vous demande de montrer votre tatouage ? »

« OK, c'est moi. Ce sont des petits cons. Ils m'ont demandé si je pouvais leur fournir de l'herbe. Je les ai envoyés se faire voir. »

« Ce n'est pas leur version. Ils disent que vous leur avez fourni du hash et que vous étiez très potes. La logeuse confirme leurs dires. Combien de temps, allez-vous tenter de me promener, monsieur Grebsa ? »

« Je ne vois pas ce dont vous parlez. Que me reprochez-vous à la fin. D'avoir voyagé sans billet dans un train pourri et d'avoir vendu quelques joints à ces fils de riche ? OK, expulsez-moi et qu'on en parle plus ! Je l'ai assez vu la France ! »

« Je vous accuse du meurtre de Steve Stableford, sur le parcours de golf de Vichy le 26 septembre. »

« Sans blague. Vous avez une preuve de votre accusation. »

« Un témoin vous a formellement reconnu. »

« Il m'a reconnu ? Ca m'étonnerait, vous bluffez. Vous n'avez rien contre moi. »

« On vous confrontera avec le témoin, on verra bien si vous continuez à nier. Connaissez-vous le docteur Ducray ? »

« Non. »

« J'ai la preuve d'une rencontre entre vous et lui à Dubrovnik en avril de cette année. »

« Rien, vous n'avez rien. Cette rencontre n'a pas eu lieu. »

« Si, j'en ai même le compte-rendu que vous avez négligé de chercher quand vous avez tué Léon Senati. »

L'assurance du croate commençait à faiblir. Il cherchait une échappatoire et se taisait le front baissé comme un taureau prêt à charger.

« Votre tatouage vous a trahi. Se promener avec ZDS sur l'épaule, c'est comme montrer sa carte d'identité. »

Dragomir baissa encore les épaules.

« Votre téléphone va parler puisque vous, vous ne voulez pas parler. De même votre carte de crédit. Ducray a admis vous connaître. Il dit que c'est vous qui avez eu l'idée de tuer le golfeur pour détourner les soupçons sur le docteur Dupin. Il affirme également que c'est vous qui avez décidé d'éliminer Senati pour effacer un témoin gênant de votre réunion à Dubrovnik au printemps dernier. Il vous charge Ducray, et, comme il a des alibis en béton, c'est vous que je vais mettre en examen pour un double homicide. »

« Il s'en tirera pas comme ça Ducray » cracha Grebsa « Il m'a embarqué dans sa vendetta vichyssoise et maintenant il me trahit. Le salaud, on saura le retrouver ! »

« On ? »

« Ca ne vous regarde pas. Les croates ont la mémoire longue. »

« Pourquoi avez vous tué le golfeur ? »

« Ducray m'a dit qu'il avait trahi la cause »

« Et cela vous a suffi ? » demanda surpris Liousse.

« Il existe un serment d'entraide entre nous. Si demain, je demande à Ducray de venir liquider un de mes ennemis, il le fera » répondit, martialement, le croate.

« Cela m'étonnerait qu'il trouve le temps entre deux promenades à la prison. Et vos ennemis vont devoir aussi vous attendre quelques dizaines d'années. Mais pourquoi tuer Senati, il était du même bord que vous ? »

« Senati n'était qu'un pion. Aucune importance. J'en ai éliminé bien d'autres de ces insectes pendant la guerre. »

« Vous étiez un peu jeune lors de la guerre, non ? »

« Mon père, Zlatan Grebsa, m'a montré comment tuer un type d'une balle dans la nuque. J'avais douze ans à l'époque. »

Liousse rédigea un procès-verbal des aveux de Grebsa qu'il lui fit signer puis le fit mettre en isolement sous la surveillance d'un agent.

Adultères

Il fit monter Ducray qu'il informa des aveux complets de Grebsa.

« Maintenant que j'ai la preuve que vous êtes le commanditaire des deux meurtres que vous n'avez pas commis vous-même, pouvez-vous m'expliquer vos mobiles ? On ne tue pas dix personnes pour des divergences d'opinion politique. »

Ducray réfléchit un bref instant et puis se lança :

« Et puis j'en ai marre ! De toute façon, ma vie est finie depuis trente ans déjà. Vous n'avez toujours pas compris ? C'est pourtant évident ! Je n'ai pas cessé d'aimer Virginie depuis le lycée. Elle a épousé un bellâtre puis ce prétentieux de Dupin arrivé en conquérant à Vichy avec son internat de la faculté de Paris et sa gentillesse insupportable. Jamais, jamais Sophie ne m'a regardé autrement que comme un brave type. Un brave con, oui ! Virginie a couché avec Oridot, comme mon épouse, Sophie, et comme la moitié des femmes baisables de Vichy. Ce mégalo les a toutes basculées dans son bureau après les vins d'honneur. Tout Vichy savait que j'étais le cocu de service. Sophie s'est fait jeter comme les autres; maintenant, elle joue moins les Couguars, la conne ! Voici trente ans que je les regarde copuler comme des lapins tandis que je joue au mari aimant, pour la galerie, pour les bridges à la con, les parties de golf où on se raconte nos scores comme si on avait monté l'Everest. Leurs tronchages et leurs 5 à 7, j'en suis dégoûté ! Voilà pourquoi, j'ai décidé de liquider cette clique. Oridot, je m'étais promis de lui faire perdre les élections en semant la peur dans les sources thermales. Mais cela ne suffisait pas, j'en ai profité pour me débarrasser de Dupin et se sa bonasse joie de vivre. Puis j'ai décidé de liquider tuer le verrat. Oridot devait y passer. De la Musardière est une victime collatérale; ce prétentieux couillon a cessé de me les briser avec ses prudences. Un cocu consentant ! Faites éclater le scandale des partouzes du Country club, faites exploser le calme trompeur du club de bridge, pilonnez les Rotary, Lions et autre Zonta ! Foutez le feu à la ville, je n'en ai plus rien à foutre ! »

Liousse profita d'un arrêt dans la logorrhée du forcené pour rédiger des aveux complets qu'il lui fit signer. Il fit ensuite remettre Ducray en cellule de dégrisement.

Il laissa un message au Procureur l'informant que Ducray et Grebsa avaient avoué et puis coupa son téléphone pour ne pas avoir à répondre aux appels de cet hypocrite qui volerait au secours de la victoire. Comme disent les anglais, pensa l'officier de police : « la défaite est orpheline, la victoire a beaucoup de pères ! ».

Liousse était fatigué, fatigué. Vingt trois heures déjà, et il n'avait ni déjeuné, ni dîné. Les révélations turpides sur les mœurs de la gentry vichyssoise le laissaient dégoûté, sale. Il avait besoin d'une douche très chaude puis froide.

Il ouvrit son calepin Albert Londres et écrivit :

Clap final : Ducray a assassiné et fait assassiner dix personnes par frustration amoureuse – Grebsa, manipulé mais coupable - Cherchez les femmes, Sornin avait raison, c'est le cul qui dirige le monde !

Mélissa

Rentrer se coucher sur son clic-clac dans la chambre de service, un étage au dessus des cellules des deux meurtriers ? Mieux valait se bourrer la gueule mais il ne tenait pas l'alcool et, à minuit, il lui faudrait aller se pochetronner dans les cafés de la gare avec les permanents du zinc ou alors trouver une épicerie arabe encore ouverte pour acheter une bouteille de gnôle. Non, il n'avait envie de rien. Une toile sur son ordinateur mais quoi ? Un truc bien glauque, du genre Portier de nuit, histoire de plonger encore un peu dans la déprime ?

Il en était là de son mal-être quand il entendit frapper à la porte.

Mélissa entrebâilla la porte.

« Vous êtes encore là, chef ? »

« Oui, malheureusement » répondit Raphaël

« Ca ne va pas ? »

« Si, très bien; les criminels ont avoué ; ils seront déférés demain au juge d'instruction. Champagne ! » débita Liousse d'une voix macabre.

« Et ben, dites donc, vous avez le champagne triste, vous ! Ecoutez, je ne devrais pas vous le dire ; j'ai une bouteille de rhum vieux de trente ans dans ma cantine, un Rhum Neisson Agricole, Cuvée du Troisième Millénaire, du XO, je ne vous dis que ça; j'ai aussi du sucre de cane. On se fait un ti'punch pour fêter la fin de votre enquête ? »

Le premier punch, « pour la soif », fut suivi d'un autre punch, « pour le goût » et d'un autre encore « parce que c'est bon-bon-bon » rigola la belle créole. Mélissa mit un air de biguine en sourdine sur son Samsung et l'entraîna dans un ventre à ventre chaloupé.

Ici passage censuré. Que le lecteur fantasme sur les douces rondeurs de la voluptueuse Mélissa qui sentait la cannelle et le bois bandé.

Epilogue

Vichy, reine des villes d'eau

Le 11 novembre 2015, Raphaël épousa Mélissa et obtint, fort de son succès dans l'enquête sur « le tueur à l'eau de Vichy », une mutation à Fort-de-France. Il danse tous les soirs la biguine avec sa belle après quelques ti 'punchs bien tassés. La maman de Raphaël la trouve « parfaite, … pour une goy ».

Le 5 décembre, le docteur Schwob a été élu, suite aux élections anticipées provoquées par la démission collective du conseil municipal de Vichy, suite aux révélations du grand reporter Maurice Sancy du journal La Montagne.

La Compagnie de Vichy a gardé la concession thermale. Toujours aussi critiquée par certains vichyssois nostalgiques, elle s'efforce de rentabiliser un patrimoine thermal surdimensionné, par la gestion de la marque Laboratoire Vichy et Vichy Célestins ainsi que le développement d'activités autour du concept santé-beauté-forme. La vente de bouteilles d'eau de Vichy Saint-Yorre, exploitée par le groupe Alma, reste toujours très rentable avec quarante millions de cols produits par an.

La compétition golf-bridge 2016 du Sporting-Club de Vichy devrait rassembler plus de cent participants si la météo est clémente. On espère plus de mille compétiteurs au championnat de Scrabble 2016 et près de sept mille participants à l'Iron man 2016.

Le Rotary club a recruté de nouveaux membres grâce à la publicité involontaire faite par l' « affaire » et malgré la concurrence du dynamique Lions club. Les frères vichyssois ont retrouvé le calme et la discrétion pour poursuivre leurs travaux maçonniques.

Le nombre de curistes ayant réservé pour la saison 2016 est en hausse. De nombreux curieux de la France entière, de nombreux lecteurs de Détective notamment, viennent visiter les lieux des meurtres comme un jeu de Cluedo. Un vichyssois malin en propose même des visites guidées.

Sommaire

Fatale eau des Célestins

Raphaël Liousse

Mort subite

Hypocondriaque

Mélissa

La boite de Pandore

Jacques Oridot

Edouard de la Musardière

Cyanure

Bains de première classe

Intrigues vichyssoises

Sporting club

Marie-Josée Levy, DRH

Les Frères trois points

Scrabble mortel

Maurice Moabon, Vénérable Maître

Sunyparks

Peur sur la ville

Fatale eucharistie

Salmo salar

Cavilam

Rav party chinoise

Iron man

Funeste lecture

Le corbeau

Casablanca

Le château des Brosses

La Milice

Où il est question de François Mitterrand et de Guy Ligier

Eagle

Le croate

Rotary

Oustachi

Internationale fasciste

Purge

Ducray

Dupin

Cherchez la femme !

Sophie

Gisèle

Dragomir Grebsa

Adultères

Mélissa

Epilogue : Vichy, reine des villes d'eau